KB169040

ㅣ우리 시골에서 잘 살아보개ㅣ

훈훈한 철수네

시대인

훈훈한 철수네를 소개합니다

🐾 **누나** 도시보다 시골이 편한 90년대생

취미 : 개 두 마리 동시 산책

특기 : 10m 리드줄 다루기

⭐ 철수의 누나이자 훈이의 이모지만, 가끔은 그냥 '누나'로 통치고 있다.

🐾 **철수** 2017년 5월 23일생

취미 : 고라니 쫓기, 사과 따 먹기,
　　　배추 뜯어 먹기

특기 : 새끼강아지 육아

⭐ 과수원집 개로 산 지 육 년째,
　이제는 냄새만 맡아도 수확철을 안다.

🐾 **훈이** 2018년 10월 27일생

취미 : 공 가지고 놀기

특기 : 친화력 발산하기

⭐ 귀여운 욕심쟁이! 삼촌이 하는 건
　다 따라해야 직성이 풀린다.

머리말

유년시절의 나는 개를 사랑하는 사람들보다는 함부로 대하는 사람들을 더 많이 보고 자랐다. 그들에게 개는 가족의 일원이 아니라 집을 지킬 의무가 있는 '짐승'이었다. 모든 실외견이 그렇다는 것은 아니지만 대부분의 시골개들이 그러했다.

성인이 되어 서울 생활을 시작하면서부터는 개를 사랑하는 사람들을 많이 만나게 되었다. '반려'라는 단어가 익숙한 사람들을 말이다. 내가 자라는 동안에 우리 집 마당에도 강아지가 살았지만, '반려견'을 키워 본 적이 있냐는 질문을 받으면 아무 말도 할 수 없었다. 그러던 중 철수를 만나게 되었다. 나는 철수의 누나가 되기로 했고, 철수에게 아무런 역할을 주지 않았다. 철수는 집을 지킬 필요도, 재롱을 떨 필요도 없었다. 그저 맛있는 것을 먹고 늘어지게 잠을 자고 궁금한 냄새를 실컷 맡으며 튼튼하게 자라 주기만 하면 되었다. 노력은 나의 몫이었다. 서툴지만 하루하루 진심뿐인 반려 생활이 시작된 것이다. 둘째로 맞이한 훈이까지, 나는 두 아이의 보호자가 되었다.

원래도 도시보다는 시골을, 고층빌딩보다는 숲속을, 특히 살아있는 동물을 어지간히도 좋아하는 나였기에, 고향으로 돌아와 개와 함께하게 된 시골살이가 예전과 크게 다르지 않을 줄 알았다. 그러나 철수, 훈이와 함께하는 일상은 느긋하고 편안한 전원생활보다는 재미있는 탐험의 연속이었다. 마치 어린 시절로 돌아간 것처럼 더러워질 걱정 없이 흙을 만지고, 뜀박질을 하고, 두더지를 찾는 나의 옆에는 내가 보고 느끼는 것들을 똑같이 보고 느끼는 철수와 훈이가 있었다. 우리는 서로의 세상을 넓혀 주었다. 시시각각 교감하며 행복의 형태를 만들어 갔다.

책의 출간을 제안받고 내가 글을 쓴다면 무슨 이야기를 할 수 있을까 고민해 본 짧은 시간 동안, 사실 하고 싶은 이야기가 셀 수 없이 많았다는 것을 깨달았다.

나는 철수와 훈이를 소중히 아끼고 사랑하며 보듬어 왔지만, 어쩌면 내가 사람들이 생각하는 반려인의 경계 밖에 있는 건 아닐까 고민한 날도 많았다. 아이들이 집안이 아니라 마당에서 살고 있기 때문이다.

철수와 훈이가 마당이라는 환경 안에서 어떻게 하면 더욱 편안하고 즐거울 수 있을지 고민하는 것이 나의 지난한 과제였다. '시골개'라는 프레임을 벗어 던지고 시골살이의 진정한 즐거움을 누릴 수 있도록, 불편한 것 없이 자연 속에서 하루하루를 건강하고 푸르게 살 수 있도록.

이 책이 나와 같은 고민을 하고 있는 많은 사람들에게 도움이 되었으면 좋겠다. 실제로 철수와 훈이를 키우면서, 또 우리의 일상을 SNS에 공유하면서 비록 서툴지라도 마당 한편의 강아지를 애정 어린 마음으로 지켜보는 사람들이 참 많다는 것을 느꼈다. 어찌 보면 가장 보통의 시골개 중 한 마리인 철수와 훈이의 이야기가, 어떻게 해야 나의 반려견이 더 편하고 안락하게 지낼 수 있을지 고민하는 실외견 반려 가족들에게 조금이라도 보탬이 되는 책이기를 바란다. 그리고 시골개라면, 실외견이라면 무조건적인 측은함과 동정심을 느끼는 사람들에게는 하늘을 지붕 삼은 아이들의 삶도 꽤나 낭만적이고 즐거울 수 있다는 것을 알려 주는 책이 되면 좋겠다.

무엇보다 개는 그저 짧은 줄에 묶여 누군가의 방문을 알리거나, 무얼 먹든 굶지만 않으면 되는, 야생동물로부터 밭을 지키는 정도의 작은 목숨이 아니라는 것을 느끼게 해 주는 책이기를 바란다.

2023년 5월,
훈훈한 철수네 누나 민다영

차례

어느 날
불쑥 찾아온 운명

철수와의 첫 만남

"딸! 강아지 한 마리 얻으러 가자."

서울에서 살다가 잠시 당진의 부모님 집에 내려와 휴식을 취하던 중이었다. 마실을 다녀온 아빠가 현관에서 신발도 벗지 않고 얼굴만 빼꼼 들이밀며 말했다.

"웬 강아지?"

"근처 목장 하는 집에 진돗개가 새끼를 낳았는데, 젖 떼고 예방접종까지 했다고 키워줄 사람 찾아 보낸대. 가보자 얼른. 한 마리 얻어 와서 기르자."

아빠의 목소리에는 신난 기색이 역력했다.

이전에도 마당에서 강아지를 키운 적이 몇 번 있었지만, 대부분 수명을 다해 죽기 전에 정이 듬뿍 든 상태로 부모님의 지인들 집으로 보내지고는 했다. 나는 그것이 너무 안타까워, 동물을 좋아하면서도 강아지를 키우는 것은 썩 내키지 않았다. 우리 가족이 다시 강아지를 키워도 될까? 이렇게 갑자기 아무런 계획도 없이. 그러나 복잡한 머릿속과는 달리, 몸은 서둘러 나갈 채비를 하기 위해 주섬주섬 옷을 챙겨 입고 있었다.

부모님과 함께 차에 올라타서 강아지를 분양 보낸다는 집으로 출발하니 나도 모르게 불편한 기분은 사라지고 귀여운 새끼강아지를 보게 될 생각에 마음이 들뜨기 시작했다. 고불고불한 시골 길을 따라 달리며, 부모님과 나는 그동안 키웠던 개들에 대해 저마다의 기억을 하나 둘 꺼내 보았다. 지금 살고 있는 단독주택에 이사 와서 가장 먼저 키웠던 갑순이, 노란 털이 예뻤던 황구 갑돌이, 새끼를 여덟 마리나 낳았던 해피, 머리가 아주 영리했던 어떤 녀석을 포함한 기억들. 그리 오랜 시간을 함께하지 못했던 우리 집 개들에 대한 대화는 얼마 가지 않아 끊기고 말았다. 이번에 데려올 강아지도 크게 다르지 않을 것이다. 조용한 집에 강아지가 자리하게 될 생각에 기분이 좋다가도, 곧 서울로 돌아갈 예정인 나는 마음이 무겁기도 했다. 집에 남은 강아지는 줄에 묶인 마당개로 살아가게 되겠지. 그다지 행복하진 않을 거야. 가라앉은 기분을 끌어올리기 위해, 나는 핸드폰을 꺼내 건강한 강아지의 특징을 검색했다. 이왕 강아지를 데려오는데 건강한 녀석이어야 할 것 아닌가. 인터넷에 검색해 보니 코가 촉촉하고 윤이 나는지, 눈곱이 끼지 않고 항문이 깨끗한지, 입냄새는 나지 않는지 등을 눈여겨 보아야 한단다. 목적지에 다다를수록 급히 머릿속에 건강한 강아지의 조건들을 새겨 넣었다.

낯선 마당으로 들어서니 입구에 놓여 있는 컨테이너 앞 말뚝에 묶인 어미개가 눈에 들어왔다. 그렇지만 강아지들은 보이지 않았다. 벌써 다 분양 보냈나? 초조한 마음이 들었다. 젖이 불은 어미개는 낯선 사람들이 마당 안으로 들어오자 경계하며 짖었다. 잠시 후 어미개의 짖는 소리를 듣고 주인 할아버지가 집밖으로 나오셨다.

"누구세요?"

"여기서 강아지를 보낸다고 하셔서요. 근데 강아지가 없네요?"

"아~ 강아지들. 저기 다 숨어 있지요."

주인 할아버지 목소리가 들리자 컨테이너 밑에 숨어 있던 새끼강아지들이 하나 둘 기어나왔다. 짧은 다리, 팔랑거리는 꼬리, 펴지지도 않은 수제비 귀를 한 새하얀 강아지들이 순식간에 우르르 어미개 주변으로 모여들었다.

"잘생긴 신랑감 골라 일부러 시집까지 보냈는데, 어째 숫놈만 다섯을 낳았대유."

귀여운 강아지들을 보느라 넋을 놓고 있는데, 주인 할아버지가 아쉽다는 듯이 말씀하셨다. 강아지들이 모두 남자아이들이라는 거다. 손자 다섯을 보았으면 잔치를 할 일인데, 수많은 강아지 중 암컷 한 마리가 없는 것이 참 서운하신 것 같았다.

"한 마리 골라 데려가요. 꼬랑지가 빨간 것은 전부 다 똑같이 생기는 바람에 헷갈려서 주사 맞힌 놈을 그때그때 표시를 한다고 락카 스프레이를 묻혀 둔 것이여."

자세히 보니 정말 강아지마다 궁둥이나 꼬랑지가 빨갛게 물들어 있었다.

한 마리 골라 데려가라는 말에 이곳에 오는 동안 급하게 봐둔 건강한 강아지의 특징을 되새기며 고민하던 것도 잠시, 낯선 사람들의 등장에 어미개의 발치에서 꼼짝 않던 강아지들 중 한 마리가 쫄랑쫄랑 내 무릎 위로 기어올랐다. 나는 강아지를 골라야 한다는 생각은 잊어버리고 선택받았다는 기쁨에 그대로 그 강아지를 안아 들었다.

"우리 이 강아지를 키워요."

그래 그러자. 별다른 상의도 없이 결정 나버린 우리 집 새 식구. 나는 강아지를 품에 안아 자동차 뒷자리에 탔고, 아빠는 강아지를 그냥 얻어오면 안 된다면서 챙겨간 돈봉투를 건네려 했지만 한사코 거부하시는 할아버지와 옥신각신 실랑이를 했다. 할아버지는 젖도 떼고 마당을 휩쓸고 다니는 강아지들이 골칫거리였다는 듯이 그저 한 마리 데려가 주는 것으로 되었다며 끝끝내 봉투를 받지 않으셨다. 감사 인사를 드리고 우리는 곧장 집으로 돌아왔다. 낯도 가리지 않는지 내 품에 폭 안긴 작은 강아지, 철수와의 첫 만남이었다.

어떤 꿈을 꾸고 있니?

고집불통과의 하룻밤

철수를 데리고 집에 온 첫날은 집안에 들여놓았다. 우리 집은 계속 마당에서 개를 키웠다. 내가 어렸을 때부터 우리 집 마당에는 개가 살았지만, 정작 매일 밥을 주고 그나마 개를 돌보아왔던 엄마는 사실 개를 무서워했다. 아빠는 동물을 좋아하면서도 털 달린 짐승을 집안에 들이는 것은 절대 허락하지 않았다. 그런 부모님마저도 강아지를 집안에서 데리고 자는 것을 허락해 주는 유일한 하루, 그것은 바로 강아지를 집에 데려온 첫날뿐이었다.

나는 강아지를 데리고 잘 수 있다는 사실에 기분이 좋아, 집안 청소는 다 내가 알아서 하겠다며 부모님의 기분을 살피고는 철수를 집으로 데리고 들어갔다. 거실에 내려 주자 철수는 집안 곳곳을 쿵쿵거리며 돌아다니더니 폭신한 카펫에 누워 잠만 쿨쿨 잤다. 아마 엄마와 형제들과 영영 떨어졌다는 사실을 아직 알아채지 못한 것 같았다. 오래된 나의 기억 속 어딘가에는 어느 강아지를 데려온 첫날 갑자기 엄마와 떨어진 아이가 구슬프게 우는 모습이 강렬하게 남아 있었는데, 철수는 세상 편하게 잠만 자는 것이었다. 그렇게 두어 시간 동안 놀고, 먹고, 잠자기를 반복하던 철수가 갑자기 불안한 낌새를 보이며 여기저기 킁킁대더니 낑낑거리기 시작했다. 드디어 어미와 형제들이 생각난 걸까. 안쓰러운 마음으로 바라보았는데, 그것보다는 똥 마려운 강아지처럼 불안해 보였다. 똥 마려운 강아지? 머릿속에 불현듯 연상된 단어에 나는 뭔가 깨달은 것 같았다. 정말 똥이 마려운 걸까? 그렇다면 마당에 가서 누게 하는 것이 좋겠지. 아무런 준비 없이 강아지를 얻어 온 우리 집에는 배변패드도 한 장 없었다. 철수를 번쩍 안아 들고 현관문을 열고 나가 잔디밭에 내려놓으니 잠시 냄새를 맡고는 똥오줌을 여러 번 누었다. 집안에 있는 동안 오래 참고 있었던 것 같았다.

'화장실이 가고 싶었구나. 집안에서 참다니 기특한 걸.'

마당을 돌아다니며 오줌을 여러 번 더 누는 것을 본 후에 다시 철수를 집안으로 데리고 들어왔다. 편안해진 철수는 리모컨을 씹고 놀고, 우유도 마시고, 잠도 푹 자다가도 오줌이 마려우면 다시 낑낑대며 울었다. 똥오줌은 집안에 누고 싶지 않은 모양이었다. 깔끔하게 구는 모습이 기특해서, 나는 철수가 화장실에 가고 싶다고 표현할 때마다 마당에 데리고 나가 주었다. 그러나 그 대견함도 잠시, 툭하면 마당 밖으로 데리고 나가야 하는 번거로움이 움질움질 커졌다. 아기 강아지 주제에 똥오줌 좀 아무 데나 실수해도 좋으련만. 슬슬 귀찮은 마음에 낑낑거리는 철수의 요구성 울음을 무시해 보았는데, 고집이 얼마나 센지 현관문 앞에

16

서 목청을 높여 나가자고 깨갱깨갱 울어대는 것이었다. 고막에 꽂히는 비명을 견디지 못하고 하는 수 없이 잔디 화장실을 원없이 이용하게 했다. 괜히 철수를 계속 울게 만들어서 부모님의 심기를 불편하게 해, 철수를 데리고 잘 수 있는 단 한 번의 기회를 빼앗기기는 싫었다. 그래서 결국 그날 밤이 새도록 두 시간 간격으로 철수를 데리고 마당으로 나가야 하는 사태가 벌어지고 말았다. 나는 침대에서 곤히 자는 것을 포기하고 거실로 나와 현관문 문턱에서 새우잠을 자며, 밤새 철수의 화장실 자동문 역할을 해 주어야 했다. 다음 날 동이 트자마자 동네 철물점으로 달려가서 전날에는 일부러 준비하지 않았던 개집과 목줄, 목걸이 등을 사 들고 와 마당에 철수의 자리를 마련해 주고는 방으로 들어가 기절하듯 잠을 잤다.

이제부터 내가 네 누나야

짧지만 잊을 수 없는 추억

나는 어릴 적부터 동물을 참 좋아했다. 그 이유로 강아지, 고양이, 거북이, 열대어, 앵무새, 햄스터, 고슴도치, 토끼, 병아리 등 다양한 동물을 키웠다. 하지만 동물에 대한 크나큰 애정에 비해 책임감은 없었다. 수명을 다한 반려동물과의 고귀하고 슬픈 이별은 하지 못했다. 어른이 된 후에는 동물을 많이 키워 보았다고, 동물을 좋아한다고 떳떳이 말하기가 겁이 났다. 내게 그럴 자격이 있는 걸까. 죄책감이 들어 또 다른 동물을 키우는 것은 꿈도 꾸지 말아야겠다고 다짐했지만, 작은 철수를 보니 이 녀석만은 후회 없이 잘 키워야겠다는 생각이 들었다. 하지만 나는 다시 서울로 돌아가게 될 것이다. 내가 돌아가면 이 녀석은 그저 마당 한 구석에 놓여 묶여 살게 될 텐데. 마음이 너무나 불편했다.

서울로 돌아가기 전까지 대부분의 시간을 철수와 보냈다. 주방에서 철수가 먹을 만한 간식을 찾으면 마당으로 가지고 나가 챙겨 먹였다. 먹을 것을 보상으로 삼아 앉아, 엎드려를 가르쳐 보니 곧잘 익혀 몇 가지 훈련을 해 보기도 하고, 아빠가 일하는

밭에 간식 배달을 가야 하면 철수를 데리고 나갔다. 괜한 핑계로 목욕을 시켜야겠다고 욕실로 데리고 들어와 씻기기도 했다. 철수를 집안으로 데리고 들어올 수 없으니, 내가 밖에 있는 시간이 많아졌다. 그래봤자 2주 정도였다. 휴식을 끝내고 원래의 내 생활이 있던 곳으로 돌아가야 하는 날이 다가왔다. 어린 철수와의 추억은 너무도 짧았다. 서울로 돌아온 나는 철수의 소식이 궁금할 때면 가족들에게 철수의 안부를 물었고, 사진을 전달받는 것으로 만족해야 했다. 6개월 후 나는 서울에서의 생활을 정리하고 부모님 집으로 돌아오게 되었다. 오랜만에 만난 철수는 몰라보게 자라있었다.

사고뭉치 마당 강아지

약 반년 만에 다시 만난 철수에게서는 앳된 모습을 찾아볼 수 없었다. 서울로 돌아가 예전 생활에 복귀하는 동안에는 철수의 소식을 묻는 것도 점점 뜸해져 잘 있겠지 생각만 했는데, 집에 돌아와서 보니 작은 강아지였던 철수는 다 큰 진돗개로 변해 있었다. 가끔 아빠와 함께 과수원에 산책을 나가고는 했다고 하지만, 내가 예상했던 것처럼 대부분의 시간을 짧은 목줄에 묶여 자랐다. 철수에 대해 궁금한 것이 많아 가족들에게 이런저런 질문을 했지만, 가족들은 충분한 대답을 해 주지 못했다. 가족들에게는 그다지 관심받는 강아지가 아니었던 것 같았다. 그치만 철수에게 관심이 많은 내가 돌아왔으니 괜찮았다. 앞으로 천천히 알아가면 되겠지. 철수가 나를 못 알아볼 수도 있다는 생각에 조금 긴장했지만, 다행스럽게도 철수는 오랜만에 만난 나를 기억하고 있었는지 반갑게 꼬리를 흔들고 워우워우워 뭐라 알아들을 수 없는 소리를 꿍얼거렸다. '그동안 어디 있었어?'라고 말했던 걸까? 미안한 마음이 들면서도 금방 마음을 터주는 철수가 고마웠다.

다시 만나서 반가워

시골에서 휴식이 아니라 생활을 이어가게 된 나는 철수와 함께 오랜 시간을 보낼 수 있게 되었다. 철수가 목줄을 매고 있다는 사실 자체만으로 마음이 불편해서 함께 있는 시간에는 목줄을 풀고 자유롭게 놀게 해 주었다. 우리 집 마당에는 잔디가 넓게 깔려 있어 철수가 얼마든지 뛰어놀 수 있었다. 하지만 울타리가 없기 때문에 갑자기 마당 밖으로 뛰쳐나가 버릴 수 있어 늘 마음이 조마조마했다. 마당에서 잘 놀다가도 무슨 소리를 들은 양 어느 방향을 향해 온 신경을 곤두세우고는 뒷산을 타고 사라져 버리면, 나는 철수가 스스로 돌아올 때까지 막연히 기다려야 했다. 철수는 항상 오래 지나지 않아 집으로 돌아왔지만, 내 눈에 안 보였던 사이에 이상한 것을 먹고 와서 배탈이 나거나 심하게 아프지는 않을까, 도로에 지나가는 차를 보고 달려들거나 누군가 해코지하진 않았을까 하는 걱정이 들어 실컷 뛰어놀게만 할 수는 없었다. 자유시간이 늘어나니 마당이 넓은 세상인 줄 알았던 철수가 점점 집밖으로 나가는 것을 더 재미있게 생각하는 듯했다. 목줄을 풀어 주면 마당 밖으로 뛰쳐나가는 일이 허다했다. 그리고는 주변을 한 바퀴 크게 둘러보고 난 후에야 마당으로 돌아왔다.

철수를 통제할 수 없으니 매일 낮에 뛰어놀던 자유시간은 점점 아침에 잠깐, 또는 늦은 저녁에 잠깐으로 줄어들었다. 큰 개를 풀어 키운다고 할까 봐 이웃들의 눈치도 살피게 되었다. 게다가 철수가 전과 달리 낯선 외부인이나 자동차, 오토바이를 보고 예민하게 반응하거나 사납게 짖고 달려들려고 하는 횟수도 점점 늘어나고 있었다. 철수를 생각하는 것도 중요하지만 주변 이웃들에게 피해가 되지 않게 하는 것도 중요했다. '마음 편히 풀어 줄 수 없다면 목줄을 아주 길게 해주는 것은 어떨까?' 철물점에 갔다가 목줄에 사용되는 부품을 하나하나씩 골라 구입할 수 있다는 것을 알게 됐다. 나는 철수에게 조금 더 튼튼하고 긴 목줄을 만들어 주기 위해 필요한 부품들을 골라보았다. 그렇지 않아도 철물점에서 매번 사서 쓰던 목줄은 금방 부서져 버리는 바람에 여분의 목줄을 사 두어야 할 정도였다. 잘 부서지는 쇠고리도 조금 더 튼튼하고 큰 것으로 교체하고, 줄은 마당을 충분히 돌아다닐 수 있도록 내가 원하는 만큼 길게 만들어 보았다. 다행히 나는 힘은 약했지만 손재주는 좋았기 때문에 그럭저럭 쓸 만한 목줄을 만들어 철수에게 걸어 줄 수 있었다. 목줄이 길어지니 철수가 마당에서 훨씬 더 넓게 뛰어놀 수 있게 되었다. 몇 미터 늘어난 행동 반경만큼 조금의 자유를 더 주게 된 것 같아 기뻤다.

집 나가면 사람 고생

　철수를 풀어 주는 것을 자제하려면 함께 나가 바깥 구경을 시켜 주어야 할 것 같았다. 산책 용품이라고 할만한 것이 없어 철수를 매어둔 줄을 그대로 말뚝에서 뽑아 들어 산책을 나가고는 했는데, 탄성이라고는 없는 철사 줄을 잡고 철수를 따라 걸으니 철수가 빠르게 달려 나가기라도 하면 어깨와 팔에 충격이 심했다. 아마 철수의 목에도 이 충격이 고스란히 전해졌을 것이다. 당기면 이렇게 아픈데, 어떻게 집에 낯선 차가 들어올 때마다 거침없이 세게 당기고 달려든 것일까? 철수는 하나도 아파 보이지 않는데 무쇠로 만들어진 근육인 건가 싶었다.

　철수가 걱정스럽기도 했거니와 이 상태로 산책하는 것은 내가 너무 불편해서, 인터넷에서 강아지 산책 용품을 찾아 보았다. 목줄만 있는 줄 알았는데, 가슴팍에 입혀 주는 하네스라는 것이 있다는 것을 처음 알았다. 리드줄도 탄력적이고 소재도 부드러워 보였으며, 길이도 제각각이었다. 신기한 강아지 산책 용품에 빠져 한참을 검색해 보다가 주황색 하네스와 리드줄을 주문했다.

이걸 착용하면 꽤 멋져 보일 것 같았다. 철수의 첫 하네스는 앞가슴을 두꺼운 띠가 가로로 감싸주고, 등을 감싸는 부분에 손잡이가 있는 디자인이었다. 머리를 넣고 버클을 하나 끼워 주기만 하면 되는, 입히고 벗기기가 쉬운 제품이었다. 그렇지만 하네스를 입어보기는 고사하고 목줄을 끼우고 벗기조차 해본 적이 없는 철수에게 하네스를 착용하는 건 너무 어려운 일이었다. 일단 머리를 넣어야 하는데, 철수는 이 낯선 물건에 절대 머리를 넣으려고 하지를 않았다. 어쩜 그리 재빠르게 피하는지, 그놈의 커다란 머리가 도무지 들어가지를 않았다. 어쩌다 머리를 넣는 데 성공하고 나면, 배 아래로 띠를 둘러 옆구리에 버클을 채워주는 데도 몸부림을 쳐 한참 몸싸움을 해야 했다. 산책은 시작도 안 했는데 진이 다 빠졌다. 어찌저찌 산책 나갈 준비를 끝내고 나면 산책을 갈 의욕이 전부 다 사라지곤 했다. 날마다 이렇게 실랑이를 하면서 시간을 낭비할 순 없었다. 고민 끝에 내가 내린 최선의 결론은 철수가 하네스 입는 것을 좋아하게 만드는 것이었다. 그러려면 훈련이 필요했다. 철수가 좋아할 만한 간식을 준비해서, 간식과 철수 사이에 하네스를 두었다. 간식을 먹으려면 하네스에 머리를 넣어야만 하도록 말이다. 처음에는 의심을 잔뜩 품고 자꾸 피하던 철수도 결국 간식의 유혹에 넘어가 하네스에 머리를 넣고 간식을 받아먹기 시작했다. 이 연습을 반복하니 하네스에 대한 의심이 조금씩 사라지는 것 같았다. 오히려 하네스에 머리를 넣으면 칭찬도 받고 간식을 먹으니, 기분이 좋아지는 것 같았다. 이런 방식으로 철수는 차츰 새로운 물건들과 친해지게 되었다. 하네스를 입을 때마다 신이 나서 궁둥이를 들썩거리는 바람에 버클을 끼우기까지는 애를 먹었지만, 이것도 금새 익숙해져 산책 나갈 준비하는 시간이 많이 단축되었다. 목줄 대신에 하네스를 착용하니 목에 무리도 덜 가는 것 같았다. 산책용 리드줄을 사용하니 나도 힘이 덜 들어 편안하게 산책할 수 있었다. 매일 반복되는 일상이 되니 철수도 리드줄이나 하네스를 보면 자동으로 얼굴을 쏙 집어넣었다. 즐거운 산책 시간을 매일 기다리는 듯했다.

Tip **다양한 산책 용품**

산책 용품의 종류는 엄청나게 많고, 강아지의 성향에 따른 제품이 다양하니 용도와 규정에 맞는 제품을 올바르게 선택해서 안전한 산책을 하기를 바란다.

꽃도, 철수도 참 예쁘개

시골길 산책 메이트

    철수와 나의 산책 장소는 대문 밖을 나와 아래쪽으로 펼쳐진 작은 시골 동네였다. 마을에는 서른 가구 정도의 집이 듬성듬성 놓여 있었다. 개 짖는 소리가 들려 오는 것을 보면 한 집 건너 한 집마다 개를 키우는 것 같았다. 그중 작은 개들은 풀어 키우는지, 산책하는 나와 철수를 멀찍이서 졸졸 따라다니면서 짖어대는 강아지들을 심심치 않게 볼 수 있었다. 처음에는 경계를 하며 보초 서듯 쫓아다니더니, 익숙해졌는지 점점 거리를 좁혀 우리 뒤를 슬금슬금 따라다니기도 했다. 기척을 느끼고 뒤돌아보면 어느새 바짝 가까이 다가와 있어 깜짝 놀란 적도 있었다. 철수가 다른 개들을 어떻게 대하는지 몰랐기 때문에 혹시나 하는 마음에 발을 굴러 따라오는 개들을 쫓아냈는데, 철수는 아쉬운 듯 낑낑 소리를 낼 뿐 별다른 반응을 보이지 않았다. 철수가 다른 개들과 어울릴 시간을 줘 볼까 하는 생각이 들어, 하루는 우리를 보고 다가오는 작은 강아지를 그냥 지나치지 않고 기다려 보기로 했다. 철수는 꼬리를 살랑살랑 흔들더니 점점 다가오는 강아지를 보고는 고개를 쭉 빼고 몸을 앞으로 기울이며 목줄을 확 당겼다. 갑자기 다가가려는 철수 때문에 놀란 강아지는 호다닥 도망가 버렸다. 다행히 철수는 강아지를 물려는 게 아니라 같이 놀고 싶어하는 것 같았다. 그래서 조금 더 지켜보기로 했다. 조금씩 다가오던 강아지는 몸을 당겨 다가가려는 철수를 보고 도망가 버리기를 반복했다. 똑같은 상황의 반복에 지루해질 무렵, 철수도 좀처럼 강아지와의 거리를 좁히지 못해 안달이 났는지 그대로 철푸덕 바닥에 엎드려 버렸다. 그랬더니 키가 큰 철수와 눈높이가 맞춰진 덕분에 덜 무서웠는지, 강아지가 철수의 코앞까지 다가오는 데 성공했다. 철수는 오랜 기다림 끝에 자기 앞까지 다가온 강아지를 쫓아버리고 싶지 않았는지, 강아지가 철수의 냄새를 맡는 동안 미세한 움직임도 없이 가만히 있었다. 내가 보기에는 움직이고 싶은 것도 참고, 숨도 최대한 조심스럽게 쉬는 것 같았다. 용기를 내 다가와 준 강아지가 놀라서 다시 도망가 버리지 않도록 말이다. 그러는 와중에 꼬리는 팔랑팔랑 기쁨을 감추지 못하고 흔들렸다. 철수는 친구가 필요했구나. 그러고 보니 우리 집에 온 이후로는 쭉 혼자 지내온 철수였는데, 그동안 많이 외로워하고 있었던 게 아닐까 하는 생각이 들었다.

무서워하지 마, 덩치만 커

철수와 강아지의 조심스러운 첫 인사 이후, 매일 산책길에 강아지 친구들을 만나는 시간을 가졌다. 나는 간식을 한 움큼 집어 외투 주머니에 넣고 나가, 동네 강아지들을 만나면 철수 가까이 와서 먹도록 한가득 뿌려 주었다. 강아지들이 몰려와 간식을 열심히 주워 먹으면 철수는 가만히 앉아 강아지들을 빤히 내려다보면서 꼬리를 살랑거렸다. 매일 산책을 나가니 철수를 알아보는 동네 강아지들이 제법 많아졌다. 간식을 주는 덩치 큰 강아지라고 소문이 났는지, 철수가 산책길에 나타나면 작은 발바리들이 쪼르르르 몰려들었다. 철수는 개라면 큰 개든 작은 개든, 암컷이든 수컷이든 상관없이 다 좋아하는 것 같았다. 하루는 산책 중에 멀리서 철수보다 몸집이 훨씬 큰 개가 돌아다니고 있는 것이 보였다. 싸움이라도 나면 어쩌나 싶어 얼른 철수를 집 방향으로 끌고 가려고 했는데, 철수는 다소곳이 앉아 큰 개가 자기에게 다가와 주길 기다리고 있었다. 큰 개는 철수와 나를 발견하고 성큼성큼 다가왔는데, 성격이 아주 순하고 착한 녀석이라는 것을 알아채기 전까지는 너무나 무서웠다. 중성화 수술도 하지 않은 수컷이었고, 혼자 떠도는 건지 풀어 키우는 건지는 알 수 없었다. 그날 산책 시간에는 철수와 큰 개, 동네의 작은 발바리들이 다같이 우르르 모여 다녔다. 그 이후로는 큰 개를 보지 못했다.

철수와 나는 매일 동네 산책을 다녔다. 함께 산책을 다니니 작은 동네가 계절마다 시시각각 변하는 것을 느낄 수 있었다. 동네에 사는 강아지, 정원을 잘 가꾸어 둔 이웃집, 썩은 나무 구멍 속에 둥지를 튼 어미새, 매일 같은 곳에서 잠을 자는 길고양이 같은, 소박하지만 예쁜 것들이 눈에 들어오기 시작했다. 철수도 더욱 건강하고 활기차 보였다. 그냥 목줄을 풀어 주어 자유시간을 주던 때보다 나와 함께 교감을 한다는 것이 느껴졌다. 그러는 동안에 나와 철수 사이에 규칙이 하나 둘 생기기 시작했다. 넘어지고 끌려가고, 질서가 없다고 느꼈던 산책에서 벗어나 합이 맞아가자 기분이 좋았다. 그리고 무엇보다 철수가 즐거워 보였다.

고민 끝의 중성화 수술

철수의 나이가 한 살이 넘어가면서 한 가지 고민이 생겼다. 바로 중성화 수술이었다. 여러모로 중성화 수술을 하는 것이 좋다는데, 무엇이 좋은지는 사실 정확히 알지 못했다. 인터넷에 검색을 해보니, 중성화 수술을 하면 여러 질병에 걸릴 위험이 줄어든다고 했다. 건강을 위해서도 좋은 점이 있고, 수컷인 경우에는 사나운 성격이 많이 차분해진다는 추측도 있었다(별로 기대하지도 않았지만, 중성화 수술 전후로 낯선 사람들에게 날을 세우는 성격이었던 철수의 성격 변화는 전혀 없었다). 그리고 무분별하게 개들이 번식하는 것을 막을 수 있다고 했다. 나는 중성화 수술의 장점 중 이 부분을 가장 크게 생각하고 결정을 내리게 되었다.

우리 집에서 길렀던 개들 중에 중성화 수술을 한 아이는 단 한 마리도 없었다. 수컷은 영역 활동을 하려는 욕구가 활발했다. 다 성장한 수컷은 우리 집 마당뿐만 아니라 온 동네를 누비고는 했다. 비단 우리 집만의 이야기가 아니라 시골의 암컷 개는 항상 아비가 누군지도 모르는 새끼를 낳았고, 그 새끼들은 어미젖을 떼자마자 천덕꾸러기로 전락하여 개를 키울 사람들을 찾아 부랴 부랴 내보내지기 바빴다. 새끼들이 태어난 한 달은 온 관심이 강아지들에게 쏠린다. 작은 새끼강아지는 정말 귀엽고 사랑스럽지만, 반대로 그 관심은 강아지가 커가면서 사그러든다. 그렇게 이집 저집으로 보내진 강아지들은 행복하게 잘 살아가고 있을까? 내가 보아온 시골개들의 대부분은 행복하지 않은 것 같았다. 어느 마당 한구석에서 평생 짧은 줄에 묶여 살며 산책도 제대로 하지 못하고, 추위와 더위도 피하지 못하고, 사람이 먹고 남은 밥을 쏟아 주면 그것이 그들이 먹을 수 있는 전부인 삶을 사는 개들이 많다는 것을 알고 있었다. 이웃집에서 개가 새끼를 낳았다고 하면 안타까운 마음이 가장 먼저 들었다. 어미젖을 떼기 전 짧은 한 달이 지나면 천덕꾸러기가 될 녀석들. 지금도 끊임없이 천덕꾸러기 대기표를 받아둔 생명들이 태어나고 있지 않은가. 나는 그 명단에 오를 안쓰러운 생명이 철수 때문에 태어나는 것은 바라지 않았다. 철수의 중성화 수술을 가족들에게 예고하니, 아빠와 오빠가 반대를 했다. 뭐하러 멀쩡한 애를 데려다가 수술을 시키냐는 것이었다. 맞는 말일 수도 있겠지만 철수를 평생 보호하고 책임질 것은 난데, 내가 결정하는 것이 뭐 어떠냐는 생각이 들었다. 철수를 돌보는 일에 협조적이지 않은 남자들의 의견은 뒤로 한 채 철수는 중성화 수술을 받게 되었다.

그로부터 얼마 뒤 동물병원에 가서 철수의 진료를 보려고 기다리고 있는데, 한 아저씨가 병원 문을 열고 고개만 들이밀더니 들어오지 못하고 안쪽을 들여다만 보며 머뭇거렸다.

"저… 여기, 그거 합니까? 개 새끼 못 낳게 하는 수술…"

한참 머뭇거리며 힘겹게 내뱉은 아저씨의 질문에서는 부끄러운 듯한 감정이 느껴졌다. 나는 아저씨와 수의사 선생님의 대화를 가만히 엿들었다. 아저씨의 하소연 섞인 여러 질문에는 키우는 개가 자꾸만 새끼를 가져 배가 불러오는 것이 골치 아프면서도 안타까워하는 애정이 배어 있었다. 병원에 개를 한번 데리고 오시라는 수의사 선생님의 이야기를 듣고 끝내 병원 안으로 들어오지 못하던 아저씨가 알겠다며 도망치듯 뒤를 돌았다. 그리고 그대로 병원 문을 나서다가 다시 발걸음을 돌리고는 물었다.

"근데… 이런 똥개들도 합니까? 그 수술…"

"이런 개도 해도 됩니까?"

내가 철수를 병원에 데려가 중성화 수술을 시킨 이후에, 아빠가 집에 오는 친구들에게 빼놓지 않고 "이놈 고자여~"라고 우스갯소리를 하던 일이 떠올랐다. 아빠의 말을 듣고 있으면 굳이 멀쩡한 개를 병원에 데려다가 수술을 시킨 게 조금은 부끄러워, 누가 알아채기도 전에 미리 선수를 쳐 말을 꺼낸 듯한 느낌이 들었다. 머뭇거리며 병원을 찾아온 아저씨의 말투에서 느껴졌던 부끄러움이 아빠의 말에서 느껴졌던 것과 비슷한 종류였던 것이다. 시골 어른들 사이에서는 개에게 몇 십만 원을 쓰는 것이, 자연의 섭리를 거스르고 중성화 수술을 시키는 것이 참 유난스럽고 거창한 일이라고 여겨지는 것이다. 중성화 수술이 가장 필요한 존재는 무방비 상태로 놓여진 시골의 개들일 텐데, 키우는 사람들에게는 어디다 말하기도 쑥쓰러운 일이라니 안타깝기 그지없다. 쭈뼛거리며 돌아가는 아저씨를 보면서 뉴스나 유명한 텔레비전 프로그램에서 개를 중성화 수술을 시키고 키우는 것이 창피한 일이 아니며, 얼마나 멋진 일인지 언급해 주었으면 좋겠다는 생각이 들었다.

철수네컷

#이름이뭐예요 #안돼 #개리둥절

2장

가족의 완성

바람처럼 나타난 영희

매일 산책하고 함께 있는 시간이 많아질수록, 나는 철수에게 더욱 더 큰 관심을 가지게 되었다. 창문 너머에서 지내고 있는 철수가 불편한 점이 없는지, 먹을 것은 사료 말고 또 무엇을 먹을 수 있는지, 강아지 용품은 얼마나 다양한지 알아가는 재미가 있었다. 동네로 나가던 산책길은 슬슬 아빠의 과수원으로 옮겨지게 되었다. 다른 이유도 있었지만, 무엇보다 철수가 낯선 사람과 자동차를 보면 전보다 더 사납게 반응하기 시작했기 때문이다. 동네에서 할머니들을 만나거나 도로로 차 한 대가 지나가기라도 하면 철수는 몸을 일으켜 세우고 금방이라도 달려들 듯이 줄을 당기고는 했다. 무슨 돌발상황이 일어날지 몰라 아무도 없는 산책길을 택하게 되었다. 산책길뿐 아니라 마당에서 놀 때도 가족들 말고는 아무도 오지 않는 시간을 골라서 놀았다. 몇 개월 동안은 철수와 나 둘뿐이었다.

그러던 어느 날이었다. 날짜도 정확히 기억한다. 2018년 9월 1일, 그날도 어김없이 철수와 함께 아침 산책을 나섰는데 차고 앞에 세워진 아빠의 차를 지나서 돌아보니 작고 하얀 강아지가 벌러덩 배를 보인 채 누워 있었다. 철수를 보고 놀란 모양이었다. 다리가 짧고, 철수처럼 하얀 털과 쫑긋한 귀를 가진 여자아이였다. 처음 보는 강아지의 등장에 반가웠던 나는 산책을 짧게 마치고 돌아와 철수의 아침밥을 새로운 강아지에게도 나눠 주었다. 강아지는 낯가림도 없이 밥을 맛있게도 받아먹었다. 자기 밥을 다 먹고는 깨작거리며 천천히 남겨 먹던 철수의 밥까지 전부 먹어 치워버렸다. 갑자기 밥을 빼앗겨 버린 철수가 당황스러워 보였지만 강아지에게 화를 내지는 않았다. 강아지는 성격도 아주 좋아서 우리 가족들에게 경계심도 없이 애교를 부렸다. 툭하면 발라당 배를 보이고 누워 버려, 배를 살살 쓰다듬어 주면 지그시 눈을 감고 편안하게 고롱고롱거렸다. 철수는 넉살 좋게 벌러덩 배를 보이고 누운 적이 단 한 번도 없었기에, 드러누워 애교를 부리는 작은 강아지가 더욱 귀여워 오래오래 쓰다듬어 주었다. 강아지는 처음 들어가 본 어느 마당에서 만난 사람들의 환영 인사가 마음에 쏙 들었는지, 우리 집 마당 밖으로 나갈 생각이 없어진 듯했다.

나는 그날 약속이 있어 철수와 강아지에게 아침밥을 주고 외출했다가 깜깜한 밤이 다 되어서야 집에 돌아왔는데, 강아지는 마치 우리 집에 사는 식구처럼 마당 어디선가 쉬고 있다가 뛰어나와 나를 반겨 주었다. 이 녀석 아직도 집에 가지 않았다니, 당황스러웠다. 갈 곳이 없는 떠돌이 강아지인가 생각했지만, 목걸이를 차고 있었다. 강아지의 목줄에는 서로 다른 두 개의 목줄을 바늘과 실로 꿰매 이어붙여 길이를 애써 늘려준 흔적이 있었다. 그것을 보고 분명히 어렸을 때부터 이 강아지를 키워 준 누군가 가 있을 것이라고 확신했다. 얼른 집으로 돌려보내야 한다는 생 각에 대문 밖까지 강아지를 유인해 "가!"라고 소리치며 일부러 내쫓아보려고 했다. 그런데 내가 낸 큰소리에 놀라더니 우리 집 마당 안으로 호다닥 도망쳐 가는 것이었다. 집으로 돌아갈 생각 이 없는 강아지를 계속 쫓아낼 수는 없었기에, 일단 우리 집 마 당에서 지내게 하면서 주인을 찾아 주기로 했다. 갑자기 나타난 것처럼 마음이 바뀌면 언젠가 스스로 돌아갈지도 모르고 말이 다. 철수도 그동안 혼자서 지내다가 마당에 친구가 나타나니 친 절하게 대해 주는 것 같았다. 그런데 다음 날도, 그다음 날도 강 아지는 집에 돌아갈 줄을 몰랐다. '저 녀석, 이러다 우리 집에 영 영 눌러 앉아버리는 건 아닐까?'하는 생각이 들었다. 싫지는 않 았지만 철수 말고 다른 강아지를 키울 생각은 없었다. 철수의 밥 을 먹이는 일, 매일 산책을 시키는 일, 살펴봐 주는 일… 철수를 책임감을 가지고 키우기 시작한 뒤로, 강아지 한 마리를 반려하 는 것에 얼마나 많은 노력과 돈이 필요한지를 여실히 느끼고 있 었다. 그래서 섣불리 둘째를 들이자는 생각을 할 수가 없었다. 그래도 함께 지내는 동안 불러 줄 이름 정도는 필요하니, 철수와 잘 어울리는 '영희'라는 이름을 지어주었다. 사실 철수의 이름이 철수가 된 데에는 웃긴 사연이 있다. 처음 철수를 데리고 집으로 오는 길에 가족들이 다 함께 이름을 뭘로 지을까 고민하다가, 아빠가 "강아지 이름은 찰스!"라고 외쳤다. 그런데 '찰스'를 '철수'라고 잘못 들은 내가 철수야, 철수야 불러버려 철수가 되었다. 멋있는 영어 이름을 가질 뻔했는데, 철수에게는 아쉽게 됐다. 그래도 철수와 영희, 아주 촌스럽지만 정겨운 이름들이었다.

이름까지 지어 주고 나니 꾀죄죄한 영희의 모습이 자꾸만 신경 쓰이기 시작했다. 얼마나 수풀을 헤치고 다녔는지, 영희는 양쪽 귀에 깨보다 작은 진드기를 수십 마리 붙인 채였다. 나는 기겁하며 장갑을 끼고 영희를 드러눕혀 한참 동안 귀에 붙은 진드기를 잡아 주었다. 정성스럽게 귀에 붙은 진드기들을 제거하고 나니, 꼬질꼬질한 회색 털이 눈에 들어왔다. 나는 고무장갑을 끼고, 영희를 수돗가로 데리고 가서 깨끗하게 목욕을 시켰다. 갑자기 물벼락을 맞은 영희는 버둥거리며 싫어하는 것 같았지만 그래도 여전히 우리 집 마당을 떠날 생각은 없어 보였다.

Tip 포인핸드와 반려견 등록

가족을 잃은 강아지를 발견하거나 잃어버린 강아지를 찾아야 하는 경우가 생긴다면, '포인핸드'라는 유기견 보호 현황 어플에 접속해 보는 것이 좋다. 또 2개월령 이상의 강아지를 키운다면 법적으로 동물등록을 해야 한다. 소중한 나의 가족인 만큼 동물등록은 선택이 아닌 필수이다. 동물등록에 관한 자세한 정보는 국가동물보호 정보시스템(www.animal.go.kr)에서 확인할 수 있다. 유실된 강아지를 보호하게 된 경우, 주변 동물병원에 방문해 반려견 등록 칩이 내장되어 있는지 확인해 보는 것도 빠르게 보호자를 찾는 데 도움이 된다.

자유로운 영혼 영희

너는 어디서 왔니?

　나는 영희가 온 곳을 찾기 위해 온 동네를 누볐다. 매일 동네 구석구석을 돌아다니는 택배기사님, 우편집배원, 요구르트 배달 아주머니께 영희를 보여 주며 이 강아지가 살던 집을 모르시냐고 물어봤지만 아무도 영희가 어디서 온 아이인지 몰랐다. 철수를 데리고 동네로 산책을 갈 때마다 영희는 목줄 없이도 우리를 항상 따라다녔는데, 집집마다 만나는 사람들에게 영희를 보여 주면서 물어봐도 전부 모른다는 대답뿐이었다. 아마 영희는 생각보다 더 멀리서 온 강아지가 아닐까 싶었다. 혹시나 영희를 키우던 가족들이 영희를 애타게 찾고 있지 않을까 걱정이 되어 당진시 유기동물 보호소 홈페이지에 공고도 올려 두었지만, 아무런 연락이 오지 않았다. 영희도 여전히 자기가 살던 곳으로 돌아갈 생각이 전혀 없는 것 같아 보였다. 마치 '여기가 나의 새로운 집이야!'라고 생각하는 것 같았다.

　영희는 아주 자연스럽게 나와 철수의 일상에 끼어들었다. 아침에 일어나 철수가 있는 곳을 찾아가면 철수와 영희가 같이 꼬리를 흔들며 아침 인사를 건넸다. 오랫동안 그래왔던 것처럼 말이다. 철수와 나의 산책길에도 당연히 함께했다. 언젠가부터 제이름이 영희인 것을 알게 되었는지 "영희!"하고 부르면 알아듣고 다가왔다. 머리가 좋은 것 같았다. 나와 가족들이 외출을 할 때면 철수와 나란히 앉아 잘 다녀오라는 듯이 빤히 쳐다보며 눈으로 배웅했다. 철수는 목줄을 했지만 영희는 내 강아지도 아니었고, 언제든 떠나도 좋다고 생각해서 목줄을 해 두지 않았다. 떠날 생각도 없어 보였지만 말이다. 그래서 영희가 가끔 어디선가 누가 먹던 것인지 모를 뼈다귀를 찾아와 마당에 쌓아 두는 일도 적지 않았다. 시골 동네에는 쓰레기 수거 차도 한 대 들어오지 않아서, 집집마다 구덩이를 파 쓰레기를 쏟아 버리거나 태우는 게 태반이었다. 영희는 마당에서 쉬다가도 어느 집의 쓰레기장을 뒤져서 먹을 만한 것들을 찾아오는 모양이었다. 식탐은 또 강해서, 철수와 영희에게 간식을 하나씩 나누어 주면 부지런히 씹어 삼켜 하나라도 더 먹으려고 했다. 자기 것을 먼저 먹으면 간식을 느긋하게 먹고 있는 철수 앞에 서서 이빨을 드러내고는 철수를 쫓아내 간식을 차지해 버렸다. 그럴 때마다 철수가 화들짝 놀라 간식을 놓고는 도망가 버리는 모습이 너무 웃겼다. 제 덩치의 반도 안 되는 영희에게 꼼짝을 못하다니, 사람에게 하는 것과는 다르게 역시 강아지에게는 친절한 철수였다. 하루에 걸쳐 조금씩 아껴 먹던 밥을 영희가 매번 다 먹어치워 버리는 바람에 어느샌가부터 철수가 밥을 남기는 버릇이 사라졌다. 철수가 밥을 주는 대로 먹지 않는 것이 고민이었는데 영희가 철수의 밥투정을 고쳐준 것이다.

철수와 영희는 제법 잘 어울렸다. 한 배에서 난 남매인 것처럼 함께 있는 것이 자연스러웠다. 그렇지만 여전히 나는 철수 말고는 다른 강아지를 키울 생각이 없었기 때문에, 영희가 온 곳을 조금만 더 찾아보고 난 후에도 원래 가족을 찾지 못한다면 영희를 잘 키워 줄 새로운 가족을 찾아 줘야겠다고 생각하고 있었다. 당시 SNS에 철수의 일상을 꾸준히 올리고 있었는데, 갑자기 나타난 영희의 소식에 관심을 보이는 사람들이 있었다. 철수와 영희의 모습을 귀엽게 봐 주기도 했다. 다른 유기견 구조자들처럼 SNS에 홍보하면 영희를 키워 줄 사람을 찾을 수 있을지도 모른다고 생각했다. 그래서 항상 애교 많고 자신을 더 예뻐해 달라고 표현하는 영희에게 "미안해, 우리 집에서는 네가 계속 있을 수 없어."라고 말했다. 그렇게 단호하게 말해 두어야 정이 덜 갈 것 같았다. 영희는 참 사랑스러웠다. 만난 지 얼마 되지 않았던 영희는 철수보다 더 나를 따랐다. 착하고, 눈빛에 사랑이 많았다. 내가 밖에서 무언가를 열심히 하고 있으면 옆에 가만히 앉아 한참 내 곁을 지켜줬다. 철수는 혼자 알아서 놀기 바빴다. 영희와 비교가 되니 배신감이 들 정도였다. 그래서 영희가 더욱 어여쁘고 고마웠다. 천방지축 철수를 키우기도 벅차다는 마음이 강해, 영희 스스로 머물기로 선택한 우리 집에 살게 할 수 없어 언젠가 다른 곳으로 보내야 한다는 걸 생각할 때면 미안한 마음이 밀물처럼 밀려왔다. 내가 영희를 키울 수는 없지만 정말 좋은 가족을 찾아 주자고 결심했다. 그러려면 지체하지 말고 입양 홍보를 시작해야 하지 않을까 고민하고 있는데, 영희의 배가 조금씩 불러오는 것 같았다.

남매 같은 철수와 영희

다섯 마리 강아지의 탄생

설마 설마 했는데, 시간이 지날수록 영희의 배가 조금씩 커졌다. 항상 철수의 밥을 뺏어 먹던 영희라 살이 찐 것이 아닐까 생각했지만, 영희가 뱃속에 새끼를 가졌을 거라는 확신이 들 정도로 배가 불러왔다. 영희도 거둘 수 없어 영희를 키워 줄 가족을 찾아봐야겠다고 생각하고 있었는데, 또 다른 강아지가 늘어날 거라니. 새 생명이 태어날 것이라는 기대에 설레는 것보다는 걱정이 조금 더 컸던 것 같다. 강아지가 언제 태어날지 감이 잡히지 않아 조금씩 출산 준비를 했다. 영희의 가족을 찾는 일은 잠시 보류하기로 했다. 일단 영희가 안전하게 아기를 낳을 산실이 필요했다. 당시에 우리 집에는 철물점에서 사 온 고무 개집이 두 개 있었는데, 몸무게가 7kg밖에 되지 않는 영희는 철수가 어린 시절 들어가 잠을 자던 작은 크기의 개집을 자연스럽게 자기 집으로 삼아 지내고 있었다. 철수는 큰 개집을 쓰도록 놓아 주었지만 무슨 이유에서인지 개집에 들어가는 것을 거부하고 있었다. 그래서 큰 개집은 영희에게 양보하고, 철수는 집 앞에 있는 벽돌

차고로 잠자리를 옮기게 되었다. 영희의 배는 점점 더 불러왔다. 어느 날부터는 영희의 배를 가만히 보고 있으면 꿈틀꿈틀, 뱃속의 강아지가 움직이는 태동이 보였다. 이 작은 배 안에 과연 몇 마리가 들어있을까, 언제 태어나게 될까 궁금한 것 투성이였다.

영희가 언제 새끼를 가졌는지 전혀 알 수 없었기에, 출산일이 언제일지 감도 잡히지 않았다. 영희가 우리 집에 온 것은 9월 1일, 개의 임신 기간은 약 두 달 정도 된다고 했다. 영희가 우리 집에 나타난 이후로는 다른 개와 있는 모습은 별로 보지 못했다. 그렇다면 우리 집에 나타나기 전에 이미 엄마의 몸으로 오게 된 걸까? 날이 지날수록 영희가 언제 새끼를 낳을지만 생각하게 되었다. 그러던 10월 27일 아침, 공기가 시원하다 못해 맑고 차가웠다. 이제 완연한 가을이구나 싶은 날씨였다. 마당에 나가 철수와 영희의 아침밥을 챙겨 주는데, 매일같이 반갑게 맞아주던 영희가 끼잉끼잉 앓는 소리를 내며 몸을 바들바들 떨면서도 나를 쫓아다녔다. 마치 '나 너무 아파요.'라고 말하는 것 같았다. 철수의 밥을 다 뺏어 먹어버릴 정도로 식탐이 많은 영희였는데, 밥을 가져다 줘도 풀이나 모래를 코로 모아 밥그릇을 덮어버리고, 집 안에 깔아둔 이불을 발로 박박 긁어 다급하게 자리를 정리했다. 헛구역질도 계속했다. 이불 위를 불안한 듯이 빙글빙글 돌다가 털썩 누워 버리고 끄응 앓는 소리를 냈는데, 평소와는 다른 모습에 진통이 오는 것이구나 깨달았다. 그리고는 불러도 집 밖으로 나오지 않고 혼자서 웅크리고 누워 있길래, 내가 해줄 수 있는 것이 없는 것 같아 잠시 영희 등을 쓰다듬어 주고 일어났다. 영희가 혼자 있도록 자리를 비켜 주는 것이 낫겠다는 생각에 집에 들어가 있으려는 것이었다. 하지만 집안에 있는 동안에도 쭉 영희의 상태가 궁금하고 걱정스러웠다. 하던 일도 손에 잡히지 않았다. 결국은 얼마 되지 않아 영희가 쉬고 있는 개집으로 다가갔는데 작게 낑낑거리는 소리가 들려왔다. 영희가 힘겹게 끙끙거리는 소리보다는 훨씬 작고 가냘팠다. 조심스레 들여다보니 영희의 품 안에 꼬물거리는 새끼강아지 한 마리가 있었다! 영희가 출산을 시작한 것이다. 숨을 죽이고 개집 앞에 몸을 굽히고 앉아 영희가 스트레스를 받지 않도록 조용히 지켜보기만 했다. 그동안 개가 출산을 할 때는 옆에서 탯줄을 자르고, 새끼강아지의 젖은 몸을 말려 주는 등 도움을 줘야 한다는 글들을 봤는데, 영희는 기특하게도 그것들을 스스로 다 했다. 처음 우리 집에 왔을 때 데리고 갔던 동물병원의 수의사 선생님은 영희가 한 살도 되지 않은 어린 강아지일 것이라고 했다. 영희도 새끼를 낳는 것은 처음이었을 텐데. 엄마가 되는 것이 처음이었을 텐데. 새끼의 태반을 깨끗하게 핥아 먹어 치워버리고, 새끼의 배꼽에 이어진 탯줄도 이빨로 끊어 주었다. 그러고는 피로 젖은 새끼의 몸을 깨끗하게 핥아 주었다. 한 마리, 또 한 마리. 영희는 태어나는 새끼들을 스스로 받고 젖을 물리면서 출산했다. 그날 작은 영희는 다섯 마리의 강아지들을 낳은 엄마가 되었다.

꼬물꼬물 오남매

초보엄마 영희는 육아의 달인

영희의 야무진 육아로 새끼강아지들은 무럭무럭 자랐다. 영희는 마당에서 잠시 쉬었다가, 사료를 먹고 나면 새끼들이 자고 있는 집안으로 조심스럽게 파고 들어가서 젖을 먹였다. 새끼들은 처음에는 내 주먹만 했는데, 며칠 뒤에 보면 핫도그만 해졌다는 생각이 들 정도로 하루가 다르게 자라났다. 영희는 자신의 역할을 충분히 잘하고 있었고, 나는 그저 새끼들이 있는 집이 춥지 않게 손 봐주는 정도의 일만 했다. 겨울이 다가오면서 바람이 차가워지고 있었다. 개집 안으로 찬바람이 들지 않도록 이불을 잘라 커튼처럼 만들어서 출입문을 가렸다. 처음에는 강아지들이 태어난 개집에 안 쓰는 이불을 깔아 두었는데, 영희가 출산을 하고 나니 양수나 피로 얼룩져 지저분해 보였다. 갓 태어난 무렵에는 환경을 바꾸는 것이 좋지 않을 것 같아, 강아지들이 조금 자라고 난 뒤에 잠자리를 깨끗한 볏짚으로 바꿔 주기로 했다. 영희가 배변을 유도하면서 깔끔하게 핥아 주었지만 다섯 마리가 이불 위에서만 누워 있으며 똥오줌을 누니 이불이 많이 더러워졌

56

다. 실제로 이불을 걷어보니 개집 바닥이 축축할 정도로 이불 밑이 젖어 있었다. 강아지들을 상자에 조심스레 옮기고, 오줌 냄새가 나는 개집을 깨끗하게 닦고 말린 후에 바닥에 배변패드를 깔고, 그 위에 볏짚을 푹신하게 깔아 주고 주기적으로 갈아 주었다. 그렇게 하니 개집이 따뜻하고 청결하게 유지되었다.

강아지들은 콩나물처럼 쑥쑥 자라서 눈도 뜨고, 다리에 힘도 붙어 아장아장 집 밖으로 걸어 나왔다. 스스로 기어 나올 수 있게 되니 배변도 집 밖에 나와 처리했다. 누가 가르친 것도 아닌데 스스로 자기 주변을 깔끔하게 관리하는 모습이 참 신기했다. 철수를 데려온 날 배변을 가리던 모습이 떠올랐다. 철수도 엄마와 형제들과 건강하게 지내면서 자연스럽게 배운 것이었겠지. 강아지들은 이렇게 엄마 밑에서 자라면서 배우는구나, 깨달았다.

조금씩 강아지가 되어간다

강아지들이 활기차게 돌아다니기 시작하니 이름을 지어줄 필요가 있다고 느꼈다. 귀여운 강아지들을 보고 싶다는 친구들을 집으로 초대해서 강아지를 보여 주고는, 다 같이 머리를 맞대고 오남매의 이름을 지었다. 첫째부터 막내까지 순이, 웅이, 훈이, 덕이, 분이라는 귀엽고 촌스러운 외자 이름을 붙였다. 나는 영희의 출산 장면을 전부 지켜봤기에, 누가 첫째이고 막내인지까지 알 수 있었다. 이제 막 아장아장 걷기 시작한 강아지들의 생김새를 설명해 보자면, 다섯 마리 중 순이, 분이라고 이름 붙인 아이들이 여자아이들이었다. 웅이와 분이는 엄마를 닮아 다리가 짧았다. 순이는 새하얀 백구였다. 덕이와 웅이는 금색 털을 가진 누렁이, 분이는 노란 반점이 있는 바둑이, 훈이는 심각한 점박이였다. 태어난 지 얼마 되지 않았을 때는 새하얀 강아지였는데, 자랄수록 코에 깨 같은 점이 콕콕 생기더니 점돌이가 되었다. 성격은 첫째 딸인 순이가 제일 앙칼져 새끼들끼리 아웅다웅 싸우는 소리가 들리면 항상 순이가 동생들을 혼내 주고 있었고, 그중 훈이는 항상 구석진 곳에서 나머지 형제들이 싸우고 노는 모습을 지켜만 보는 얌전한 강아지였다. 그렇지만 훈이는 고집만큼은 엄청나게 강한 아이였다. 한 번은 훈이가 마당 울타리를 넘어가 도로 쪽으로 가려고 하기에 앞을 막아 섰다. 보통의 강아지라면 몇 번 제지를 당하면 시무룩하게 돌아서고 말았을 텐데 훈이는 절대 포기하지 않았다. 열 번을 막아 서면 열 한 번 시도하는 고집쟁이였다. 지금도 훈이는 자기주장이 강하다. 하고 싶은 것은 꼭 해야 하는, 특히 철수가 하는 것은 자기도 꼭 해야만 하는 귀여운 강아지다.

　강아지들은 태어나서 한 달은 엄마 젖을 먹었다. 이 시기에 내가 강아지들을 챙겨 먹일 필요는 없었기에, 새끼들을 다섯 마리나 돌보고 먹이는 데 도움이 되도록 영희의 먹거리에만 신경을 썼다. 산모에게 좋다는 칼슘제를 챙겨 먹이며 황태국을 만들어 주거나 닭가슴살을 찢어주곤 했다. 영희는 다섯 마리 강아지들에게 젖을 먹이면서 기르는 게 힘들었는지 주는 밥을 금방 비우고는 했다. 나날이 커가는 강아지들을 보며 이제 슬슬 엄마 젖을 끊어야 하는 시기가 오지 않을까, 하는 고민이 들었지만 그 시기가 언제쯤일지 알 수가 없었다. 그런데 어느 날 아침, 강아지들이 마당에 나오지 않고 개집 안에 와글와글 모여 있길래 가까이 다가가 보았다. 강아지들이 얼굴을 맞대고 모여서 개집 한 가운데 놓인 무언가를 열심히 먹고 있었다. '먹을 것을 준 적이 없는데.' 불안한 마음에 새끼들을 손으로 들어 집 밖으로 꺼내면서 무엇을 먹고 있는지 유심히 살펴보았다. 영희가 아침밥으로 먹은 닭가슴살을 새끼들에게 먹으라고 토해 놓은 것이었다. 젖이 아닌 다른 것을 먹이다니, 이상하다는 생각에 순이의 얼굴을 잡고 주둥이를 들어 올려 보았다. 아무것도 없던 분홍빛 잇몸에 뾰족뾰족한 톱니 같은 이빨이 돋아나 있었다. 이유식을 시작할 때가 되었던 것이다. 누가 가르쳐 주지도 않았는데, 영희는 그걸 어떻게 알았을까? 나는 영희가 하는 것을 보고 나서야 오남매에게 퍼피용 사료와 곱게 다진 닭가슴살을 먹이기 시작했다. 젖을 먹이지 않아도 되니 영희의 힘든 육아가 조금은 나아졌으면 하는 마음이 들었다. 영희는 슬슬 지쳐 보였다.

자연스레 새끼를 보살피는 영희

삼촌이 된 철수

 다섯 마리의 새끼강아지들이 태어난 뒤로 나는 줄곧 철수가 강아지들을 보면 어떻게 반응할지가 궁금했다. 사랑스러운 만남에 대한 기대보다는 불행한 사고가 일어나는 것은 아닌가 하는 걱정이 컸다. 철수는 아주 작은 동물들에게는 무자비했다. 산책길에 갑자기 수풀이나 땅속 구덩이를 향해 잽싸게 돌진했다 하면 두더지나 쥐를 입에 물고 나왔다. 작은 동물들은 벗어날 방법이 없어 그 자리에서 죽고는 했다. 나는 철수를 키우면서 작은 동물들을 여러 번 묻어 주었다. 철수는 강아지를 참 좋아했지만, 과연 눈도 뜨지 못한 작고 꿈틀대는 존재를 강아지라고 생각할까? 개가 그 정도의 지능이 있는지에 대해 고민했다(지금 돌이켜보면 참 바보 같은 생각이다). 그리고 마당에 낯선 차가 들어오기라도 하면 평화로웠던 침묵을 깨고 동네가 떠나가라 짖으며 달려들려고 하는 공격적인 철수가 나는 항상 조심스러웠다. 앞뒤 보지 않고 날뛰는 철수는 충분히 누구 하나를 다치게 할 수 있었다. 그렇기 때문에 철수와 강아지들의 만남은 계속 뒤로 미루게 되었다. 철수와 오남매가 만나게 된 것은 오남매가 태어나고 한 달이 지난 후였다.

철수가 오남매가 존재를 알게 된 것 자체도 오남매가 태어나고 2주나 지난 후였다. 산책을 나설 때마다 강아지들이 자는 개집을 피해 가곤 했는데, 영희의 출산 후 2주가 지난 무렵 개집을 지나치지 않고 철수가 멀찍이서 볼 수 있도록 거리를 두고 다가가 보았다. 개집 안에서 꿈틀거리는 작은 강아지들을 발견한 철수가 '저건 뭐야?'라는 반응으로 한참 동안 고개를 요리조리 돌리고 서서 개집 안을 들여다보았다. 나는 긴장한 채 철수의 리드줄을 바짝 잡고 철수의 반응이 공격적이지는 않은지 유심히 살폈다. 그렇지만 그뿐이었다. 철수는 강아지들의 존재는 별로 신경 쓰지 않는 듯했다.

강아지들이 자라서 스스로 마당을 활보하게 되니, 내가 철수에게 강아지들을 보여주기 전에 강아지들이 철수가 있는 곳에 찾아갈 수 있는 정도가 된 것 같았다. 이제는 철수와 강아지들을 인사시켜 주어야 할 때가 왔다고 생각했다. 그게 바로 오남매가 태어난 지 한 달이 넘었을 때인 것이다.

우선, 철수와 강아지들의 호칭을 어떻게 불러야 하는 것인지 궁금했다. 그동안 나는 나 스스로 반려견과 나의 관계를 보다 친밀하게 느끼고 싶어서 가족 같은 호칭을 지어 부르고 있었다. 그래서 나는 따지자면 철수의 누나였다. 족보를 따져 보니 나와 철수는 누나와 남동생, 영희는 철수와 남매 같은 사이니 동생과 오빠, 영희와 나는 동생과 언니 사이였다. 그렇다면 영희의 자식들은 나와 철수에게는 귀여운 조카들이 되는 셈이다. 나는 이모, 철수는 삼촌이 된 것이다. 떨리는 마음으로 철수를 마당 가운데 있는 나무에 튼튼한 줄로 묶어 두었다. 거기가 강아지들이 잘 보이는 명당이었다.

철수가 마당에 등장하니, 집 앞에 나와 놀던 오남매가 우르르 도망쳤다. 오남매 역시 태어난 지 한 달이 지나 마당을 놀이터 삼아 놀 정도로 자라는 동안 철수를 가까이서 만난 적이 없었다. 철수는 강아지들이 궁금한 듯 고개를 쭉 빼고 킁킁거리며 냄새를 맡았다. 오남매도 철수가 궁금한 듯했지만 함부로 다가가지는 않았다. 서로 조심스러워하는 것이 오히려 다행이었다. 내 걱정처럼 철수가 강아지들을 두더지로 착각해 물어버리는 일은 일어나지 않을 거라는 것은 확실했다. 안도하고 있는데, 덕이와 훈이가 아장아장 철수를 향해 겁 없이 걸어왔다. 나는 숨을 죽이면서 지켜보았다. 두 녀석은 철수의 발 앞까지 다가와 꼬리를 프로펠러처럼 팔랑거리며 철수에게 관심을 보였다. 철수는 관심받는 것이 부담스러운지 자꾸만 강아지들을 피해 돌아 앉거나 자리를 피했다. 하지만 싫지는 않아 보였다. 첫 시도는 거기서 그쳤다. 그 뒤로도 덕이와 훈이가 용감하게 철수에게 다가갔다. 하루는 훈이가 철수에게 적극적으로 다가간 적이 있었다. 고개를 돌려 자신의 꼬리를 밟고 엎드린 훈이를 내려다보는 철수의 표정이 참 쑥스러워 보였다. 처음으로 마을에서 작은 강아지 친구와 인사를 했던 날이 떠올랐다. 철수는 귀여운 조카가 생겨 기분이 좋은 것 같았다.

조심스럽게 강아지들과 인사를 한 후, 철수와 오남매, 영희는 다 함께 마당에서 보내는 시간이 많아졌다. 오남매도 철수가 무섭지 않다는 것을 깨달았는지 거리낌 없이 다가와 놀았다. 방방거리는 오남매의 습격에 철수는 정신을 못 차리는 듯 했지만, 기특하게도 제 꼬랑지보다도 가벼운 조카들과 아주 조심히 놀아 주었다. 저 과격한 녀석에게 저리 조심스러운 면이 있었나 싶을 정도로 함부로 힘을 쓰지 않고 살살 대해 주었다. 철수도 영희도 아가들을 돌보는 데 제 역할을 훌륭히 잘해주는 것 같았다. 오남매가 좀 더 크면, 오남매 역시 나 대신 잘 키워줄 가족을 찾아 보내야겠지. 그리고 나면 영희도 좋은 가족을 찾아 주면 되겠지. 모든 것이 순조롭게 이루어질 것 같았다. 그때까지만 해도 앞일을 모르고 있었다.

오늘부터 삼촌이개

영희의 죽음, 갑작스러운 이별

새끼들이 젖을 떼기 시작할 즈음, 영희는 고된 육아에 지쳐가는 것 같았다. 원래라면 철수와 산책을 나가서 신나게 뛰어놀거나 철수의 일방적인 몸싸움을 받아주었을 텐데, 하루는 철수와 놀지 않고 벌러덩 배를 보이며 누워버렸다. 그 모습은 예전처럼 애교를 부리는 게 아니라, 마치 '나 지금 몸싸움하며 놀고 싶지 않아.'라는 것처럼 보였다. 어디가 아픈가? 불안한 생각이 들었지만 육아를 하느라 힘이 드나 보다, 새끼 다섯 마리를 키우는 게 당연히 힘들겠지, 라고 대수롭지 않게 여겼다.

그러나 영희는 점점 새끼들과 거리를 두었다. 밤에는 철수가 잠을 자는 차고로 들어가 철수 옆에 웅크리고 누워 조용히 휴식을 취했다. 시간이 지날수록 영희가 새끼들을 귀찮게 생각하는 것처럼 보였다. 웅크린 채 쉬고 있는 영희에게 새끼들이 찾아와 품속으로 파고들어도 새끼들을 핥아 주거나 보살피려고 하지 않았다. 새끼들이 충분히 컸으니 영희가 강아지를 살뜰히 보살펴야 하는 시기는 아니었다. 영희를 살펴보니 요 며칠 몰라보게 살이 빠져 있었다. 이렇게 갈비뼈가 드러날 정도로 마르지 않았었는데. 나는 영희가 안쓰러워 동물병원에 데리고 갔다. 영희는 병원에 도착해서도 바구니 안에 힘없이 웅크리고 있었다. "새끼를 다섯 마리나 낳아서 돌보느라 힘이 드나 봐요." 나는 수의사 선생님에게 영희가 바쁜 엄마라고 말했다. 힘이 나도록 주사를 한 방 맞히고 돌아왔다. 육아에 지친 영희가 얼른 회복하기를 바랐다. 병원에 다녀온 날 저녁에 내리기 시작한 굵은 장대비는 새벽까지 멎을 줄을 몰랐다. 영양주사를 맞고 왔어도 영희는 여전히 기력이 없었다. 계속해서 내리는 비에 바깥에 있는 오남매와 철수, 영희가 신경 쓰여 잠들지 못하고 있다가, 결국 나는 늦은 새벽에 밖으로 나가 아이들을 살피러 갔다. 모두 다 제자리에서 잘 자고 있었는데, 내 기척에 잠에서 깬 영희가 볼일을 보러 가려는지 일어나 움직였다. 여전히 힘이 하나도 없어 보였다. 영희가 비를 맞지 않게 우산이라도 씌워 주려고 영희를 따라 움직였다. 영희는 힘 없는 몸을 웅크려 볼일을 보고 다시 잠자리로 돌아갔다. 그런데 영희가 볼일을 보고 난 자리에 검붉은 피가 보였다. 붉고 탁한 혈변을 보는 순간 머리를 한 대 얻어맞은 것 같았다.

영희가 아프다.

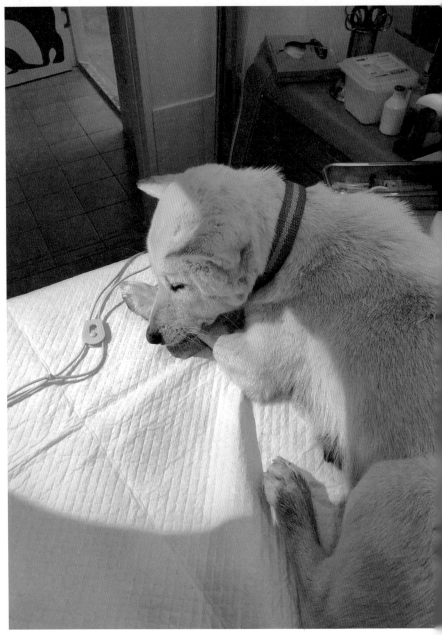

영희, 병원에서

나는 뜬눈으로 동이 트는 것을 지켜보았다. 그리고 동물병원이 문을 여는 시간에 맞춰 영희를 데리고 다시 병원에 갔다.

"선생님, 영희가 혈변을 봤어요."

수의사 선생님이 자세히 진찰을 봐줄 수 있도록 진찰대 위에 영희를 들어올려 일으켜 세웠다. 그런데 영희의 몸이 흔들흔들 거리더니, 똑바로 서있지 못하고 바람에 나부끼는 가지처럼 떨리는 것이었다.

"어, 어, 애 언제부터 이랬어요? 흔들흔들, 이거 안 좋은데…"

무엇이 문제인지 인식하지 못하고 있는데, 선생님이 어두운 표정을 지으며 주사기로 영희의 피를 뽑아 혈액검사를 했다. 검사 결과지가 나왔는데, 결과지에 나온 수치들은 정상범위에 들어가는 항목이 하나도 없었다. 나는 수의사가 아니었지만 뒤죽박죽 정돈되지 않은 막대 그래프를 보고 영희의 몸 상태가 좋지 않다는 것 정도는 알 수 있었다. 강아지가 먹으면 위험한 음식들을 먹은 경우 영희처럼 아플 수 있다고 했다. 선생님은 최근 영희의 행동이나 생활에 대해 물어 보았다. 주로 새끼를 돌보고, 또… 나는 대답할 수가 없었다. 내가 보지 않는 시간에 영희가 어디 가서 무엇을 했는지, 무엇을 먹었는지 확신할 수 없었다. 집 마당을 떠나지 않는 영희였기에 목줄을 하지 않고 자유를 주었다. 그래서 영희가 이렇게 아프게 된 걸까? 그동안 먹어온 것이 뒤늦게 탈이 난 것일 수도, 최근에 어딘가에서 먹은 것으로 병이 난 것일 수도 있었다. 내가 영희가 무엇을 하고 무엇을 먹었는지 말하지 못하니, 수의사 선생님도 언제 어떻게 병이 난 건지 알려 줄 수 없었다. 단 확실한 것은 영희가 회복하기 어려운 상태라는 것이라고 말했다. 선생님은 수액이 연결된 링거를 영희 발목에 꽂아 주면서, 집으로 돌아가 편안한 곳에서 휴식을 취하게 해 주라는 말과 함께 나를 돌려보냈다.

그저 편안히 보내 주라는 이야기에 가슴이 무겁게 내려앉아서, 조수석에 태운 영희를 가만히 내려다보았다. 영희는 힘없이 눈만 깜박이고 있었다.

'아니야. 영희는 죽지 않을 거야.' 눈물이 자꾸 차올랐지만 꾹 참으면서 집으로 돌아왔다. 여기서 울어버리면 그 사실을 받아들이는 것이라는 생각이 들었다. 푹 쉬게 하면 좋아질 거라고 믿으려고 했다. 그 믿음을 애써 유지하고자 했다.

집으로 돌아와 영희와 둘이 시간을 자주 보내던 차고 작업실에 볏짚을 한 단 가져와 두툼하게 깔아 주었다. 영희는 이불보다 볏짚을 훨씬 더 좋아했다. 영희가 철수가 잠을 자는 차고로 자리를 옮긴 것도 가을 벼 수확이 끝나고 잘 마른 볏짚을 차고에 쌓아 둔 이후였다. 나는 춥지 않도록 난로에 불을 피웠다. 또 무엇이 필요할까. 내가 물그릇이나 담요 등 난로 옆에 앉아 푹 쉬는 동안에 필요할 것들을 챙기느라 분주한 와중에도 난로 옆에 세워둔 영희는 영혼이 없는 것 같았다. 영희는 난로 옆에 가까이 서 있었는데, 영희 허벅지 털이 난로의 뜨거운 열에 새까맣게 그을려 있었다. 깜짝 놀라 영희를 난로 곁에서 떼어냈다. 새까맣게

72

털이 타버릴 정도면 분명 엄청나게 뜨거웠을 것이다. 그런데 영희는 뜨겁다고 피하지도, 아파하지도 않고 있었다. 영희의 몸 상태는 고통을 느끼는 감각도 남아있지 않을 정도로 안 좋아진 것 같았다. 그 사실을 알고 나니, 실감이 나기 시작했다.

영희가 죽는구나.

사랑하는 영희

불안한 깨달음에 잠시라도 영희 옆자리를 비우면 안 될 것 같았다. 극진히 보살피면 회복될 것이라는 기대를 져버리고 영희의 상태는 점점 나빠졌다. 오전까지는 물을 마시고 싶어지면 느릿느릿 일어나 걸을 수 있었던 영희가 오후에는 일어서지도 못하게 되었다. 누운 자세 그대로 눈도 깜박이지 않고 멍하게 정면을 응시했다. 아프다고 끙끙대지도, 헥헥거리지도 않았다. 조용히 숨만 쉬고 있는 모습이 마치 영혼은 벌써 이곳을 떠나버린 것 같았다. 새끼들을 보면 반응이 있을까 싶어, 집에 남은 훈이와 분이를 데리고 와서 보여 주었는데도 아무런 반응이 없었다. 영희의 몸 상태가 안 좋아지며 덕이, 웅이, 순이는 아이들을 키우고 싶다고 집에 찾아온 사람들의 품에 서둘러 안겨 보낸 후였다. 새끼들을 보여 줘도 아무 소용이 없다는 것을 알고는 다시 영희와 나만 단둘이 고요한 시간을 보냈다. 어디선가 강아지의 마지막 순간에 좋아하는 사람의 목소리를 들려 주는 것이 좋다는 이야기를 들었던 것 같았다. 그래서 가만히 누워만 있는 영희에게 차분히 내 목소리를 들려 주기를 계속했다. 나는 영희의 얼굴을 부드럽게 쓰다듬어 주면서, "미안해 영희야. 네가 이렇게 아픈 줄 몰랐어. 미안해, 사랑해. 우리 집에 와줘서 고마워." 같은 말만 되풀이했다. 영희의 죽음은 천천히 다가왔다. 저녁이 되도록 영희는 아무런 미동도 없이 누워 있었다. 일어날 기력은 아예 남아 있지 않은 것 같았다. 영희가 숨은 잘 쉬고 있는지 확인하며 곁을 지키고 앉아 있는데, 갑자기 어디선가 악취가 났다. 이게 무슨 냄새지? 어디서 나는 냄새인지 살펴보았는데 영희의 엉덩이에서 붉은 피가 쏟아져 나온 것이었다. 혈변인지 피가 썩은 것인지 구분이 안 될 정도로 검붉은 피에서 심한 악취가 났다. 지독한 냄새를 맡는데, 눈물이 터져 나왔다. 그래도 회복할지 모른다는 희망을 품는 것이 내 이기적인 욕심일 만큼 이 작은 속이 문드러졌구나. 말없이 아파하는 동안 다 썩었구나. 살아날 길이 없구나. 겉으로 보기에는 야위었을 뿐 평온한 얼굴을 하고 있는 영희였는데, 그 속은 이렇게나 아파 엉망이 되어 있었다는 사실에 미안한 감정과 죄책감으로 꽉 찬 울음이 터져 나왔다. 미안해, 정말 미안해. 분명 너는 많이 아프다고 단 한 번이라도 나에게 표현했을 텐데, 나를 용서하지 마. 망가진 작은 몸에 감히 손도 대지 못하고 엉엉 울었다.

한참을 목놓아 울고 나서, 바닥에 퍼진 피를 닦았다. 깨끗한 볏짚을 다시 푹신하게 깔아 영희를 눕혀 놓았다. 그러고는 다시 고요한 시간이 계속되었다. 이 작은 몸으로 힘겹게도 버티고 있구나. 이제는 영희에게 고통이 없기만을 바라게 되었다. 하염없이 지켜보는데, 하루종일 소리 한 번 내지 않던 영희의 입에서 끄으으 고통스럽게 앓는 신음 소리가 흘러나왔다. 힘없이 구부러져 있던 네 다리가 천천히 기지개를 하듯이 쭉 펴졌다. 그러고는 뚝, 멈춰버렸다. 시간도 멈춰버린 듯 고요했다. 영희의 숨이 멎었다. 작은 몸으로 많이 아프게 갔다. 나는 끊임없이 귀에 대고 말해 주었다. 사랑해 내 강아지. 행복하고 건강할 때 내 강아지라고 말해줄 걸. 다른 가족을 찾아 준다고만 말해서 미안해. 잘 가.

영희를 마당에 있는 배롱나무 아래에 묻었다. 바람처럼 나타난 영희가 떠나지 않던 마당. 영희는 약 100일간의 짧은 시간 동안 우리 집에 머무르고 떠났다.

나는 영희가 떠나고서야 이미 우리가 가족이었다는 걸 깨달았다. 강아지가 하늘나라에 가면 먼 훗날 가족이 올 때 마중을 나와 준다는 이야기가 있다. 나는 그때 영희가 기다리고 있는 가족이 나였으면 좋겠다.

우리, 꼭 다시 만나자.

안녕, 내 강아지

가족이 되기까지

  영희가 아프던 동안에도, 무지개다리를 건너 간 후에도 나는
계속 오남매를 좋은 가족에게 입양 보내려고 백방으로 알아보았
다. 덕이 순이 웅이 분이가 모두 차례로 입양을 가고, 영희가 배
롱나무 아래 묻힌 뒤 얼마쯤 지났을 무렵에는 훈이만 남았다. 어
째서인지 아직 선택받지 못한 훈이였다. 다섯 남매 중 소심하고
발랄하지 못한 성격 때문이었을까. 제대 탈장이라고도 불리는
참외배꼽 때문이었을까. 훈이의 배꼽은 볼록 튀어나와 있었다.
어미가 탯줄을 너무 짧게 끊어 주면 배꼽 주변 피부가 얇아져 내
장이 튀어나와 참외배꼽처럼 보이는 것이라고 했다. 검색을 해
보니 운이 좋지 않으면 얇아진 배꼽으로 심하게 탈장이 올 수도
있다고 했다(나중에 알았는데, 사실 훈이 정도의 중형견은 탈장
을 걱정할 필요가 없다고 한다). 나는 훈이의 입양을 원한다고
연락한 사람들에게 탈장이 생긴다면 수술도 해 줄 수 있냐는 질
문을 추가했다. 그러나 돌아오는 대답들은 전부 입양을 포기한
다는 내용이었다. 돈 몇 십이 더 들어가게 될 강아지는 키우고

싶지 않은 걸까. 마음이 착잡해졌지만, 그런 가족들에게는 애초에 보내지 않은 것이 오히려 다행이기도 했다. 그래서 훈이는 입양을 보내는 데 더욱 시간이 지체되었다.

훈이를 혼자 재울 수 없어서 잠자리를 철수 옆으로 옮겼다. 원통 모양의 바구니를 눕혀 훈이만 들어갈 수 있는 작은 동굴을 만들어 줬다. 다행히 훈이도 자기 자리로 여겼는지 그 안에서 잠을 자고 철수 곁을 떠나지 않았다. 철수도 훈이가 가까이에 오게 된 것을 불편해하지는 않는 것 같았다. 그렇게 철수와 훈이의 동거가 시작되었다. 철수는 생각보다 강아지를 아주 잘 돌봤다. 다치지 않게 움직임을 조심하고, 훈이가 자기 먹을 것을 탐내도 좀처럼 화를 내지 않았다. 훈이는 집요하게 철수의 먹을 것을 노렸는데, 철수는 화를 내지는 않았지만 그렇다고 순순히 빼앗기기는 싫어서 온몸으로 간식을 사수했다. 간식을 지키려다가 자기도 모르게 훈이를 밀어버려 떼구르르 굴러버리면 당황스러운 얼굴로 미안하다는 듯이 훈이를 쳐다봤다. 둘이서 아웅다웅 노는 모습이 영희를 보내고 울적한 기분을 이겨내는 데 많은 도움이 되었다.

훈이와 철수는 항상 함께 있었지만, 훈이는 아직 산책길을 따라올 정도로는 제 의지대로 걷고 뛸 수 없었다. 그렇다고 훈이를 혼자 둘 수는 없어서, 처음에는 훈이를 안아 들고 산책을 나갔다. 산책로를 지나 넓은 평지에 도착하면 바닥에 훈이를 내려놓고 철수를 따라 걷도록 천천히 이끌었다. 이때부터 훈이는 철수가 하는 일에 전부 관심을 가지고 따라했다. 철수가 훈이의 훌륭한 강아지 선생님이 된 것이다. 한편으로는 저런 성격 나쁜 선생님한테 성깔마저 배우는 게 아닐까 하는 우스운 걱정도 들었다. 훈이는 다리에 힘이 붙어 제 의지대로 자유롭게 폴짝폴짝 뛸 수 있게 되니, 꽤 긴 철수의 산책길을 용감하게 따라나섰다. 집에 돌아와서는 철수 옆에 붙어 아무 데도 가지 않았다. 저녁밥까지 잘 챙겨 먹이고 밤 인사를 하고 들어오면 다음날 아침이 될 때까지 둘은 항상 꼭 붙어 있었다. 훈이는 내가 키웠다기 보다는 철수가 키웠다는 말이 맞는 것 같다. 둘이서 흥이 올라 풀쩍 뛰면서 노는 모습을 보면 나까지 즐거워졌다. 둘이 함께라면 철수와 훈이가 건강하고 행복한 강아지답게 살아가게 될 것 같았다. 그렇게 같이 커가는 모습을 보는 것도 괜찮지 않을까 하는 생각이 점점 커졌다.

어여쁜 우리 훈이

나는 철수와 훈이를 함께 키워갈 수 있을지 진지하게 생각해 보게 되었다. 우선 경제적인 부분에서 내가 철수와 훈이의 밥값과 병원비 등을 감당할 수 있을지 헤아려 보았다. 이 부분은 저축을 조금 더 늘려서 해결해야 했다. 산책부터 건강 관리, 밥 먹이는 것까지 철수 훈이의 전반적인 양육은 전부 온전히 나 혼자 하고 있었지만, 같이 살고 있는 가족들의 동의도 필요했다. 동물을 무서워하는 엄마는 영희가 마당에 나타났을 때도 별로 달가워하지 않았다. 영희를 오래 임시보호하기로 한 뒤 다섯 마리의 새끼가 태어났을 때도 집에 개가 자꾸 늘어나는 것에 불편한 기색을 드러냈었다. 그동안 철수를 키우면서 내가 가장 힘들었던 부분은 엄마의 눈치를 봐야 한다는 것이기도 했다. 조심스럽게 가족들에게 훈이를 우리 집에서 키우면 어떨까 물어봤다. 개가 한 마리 더 늘어난다는 사실을 매우 싫어할 것이라 예상해 조마조마했는데, 천만다행히 가족들은 훈이를 키우는 것에 긍정적이었다. 엄마는 영희의 등장부터 오남매의 탄생까지도 지켜본 마당에 우리 집에서 잘 자라온 훈이가 싫지 않은 모양이었다. 그리고 마지막으로 철수와 훈이가 서로를 받아들여 줄 수 있는지도 중요했는데, 이 부분은 내가 훈이를 키울 수 있을까 고민하기도 전에 이미 둘이 잘 지내는 모습을 보아왔기 때문에 아이들의 동의는 자연스럽게 얻은 것이나 마찬가지였다. 철수를 갑작스럽게 데려왔을 때와는 다르게, 나는 진지한 고민 끝에 훈이를 다른 집에 보내지 않고 철수와 함께 키우기로 결정했다.

삼촌 나 좀 보개

진도네컷

#먼저먹는개가_임자 #한시도_눈을_떼지마

3장

개를 키우는 것은

왕 크니까 왕 귀엽다

철수와 훈이를 함께 키우기로 결정하면서 나는 걱정이 생겼다. 가뜩이나 철수를 키우면서 나의 온 관심과 애정이 철수의 몫으로 꽉 차있다고 생각하고 있었는데, 훈이에게도 시간과 관심과 손길을 나누게 되면 철수에게 부족한 것은 없을지, 또 과연 내가 철수를 사랑하는 만큼 훈이에게도 똑같은 애정을 줄 수 있을지 확신이 들지 않았다. 물론 훈이는 너무 귀엽고 사랑스러웠지만 철수에게 느끼는 애정과는 조금 달랐다. 철수와 훈이에게 신경을 많이 쓰면서도 그 부분에 대한 고민은 가슴 한편에 계속 남아 있었다. 그런데 아이들이 일상에 자연스럽게 녹아 들고, 가족으로서 함께하는 시간이 쌓이다 보니 나의 걱정이 쓸데없었음을 깨달을 수 있었다. 어느 순간 철수의 몫 하나였던 마음이 훈이를 사랑하는 마음까지 두 배로 늘어나 있었다. 그 이상으로는 나의 온전한 관심을 쏟을 수 없을 것 같다고 생각했는데, 정신 차려 보니 내 애정의 한계가 두 배로 늘어나 있는 것이었다.

물 한 그릇도 나눠 마시기

그런데 철수와 훈이가 강아지라고 하기에는 너무 크지 않냐고 생각하는 사람들이 있는 것 같다. 철수와 훈이는 성견이 되면서 각각 23kg, 16kg나 되는 덩치로 자랐다. 더 큰 대형견도 많지만, 개를 키우는 사람들에게도, 키우지 않는 사람들에게도 철수와 훈이는 제법 크다고 느껴지는 모양이다. 철수를 키우면서 아차 싶었던 것이 과연 내가 감당할 수 있는 체격 차이인가 하는 고민이 들었을 때다. 철수가 한두 살 때는 혈기왕성해서 통제도 되지 않고 산책 중에 툭하면 어딘가로 돌진하고는 했다. 그럴 때마다 나는 힘없이 끌려갔다. 넘어질 때도 있었고, 맨손으로 리드 줄을 잡은 날에는 손이 쓸리는 바람에 살이 오그라들 정도로 다치는 경우가 많았다. 나 혼자 철수를 데리고 다니기에는 힘이 너무 많이 부족했다. 지금은 산책하는 데 요령도 생기고, 매일 같은 근육을 쓰니 힘도 붙어 넘어지지 않고 철수 훈이를 컨트롤 할 수 있게 되었다. 철수 훈이도 나와 오랜 시간 함께하니 웬만한 신호는 다 알아들어 쿵짝이 맞는다. 하지만 언제든 돌발상황이 생길 수 있다는 것을 유념하며 산책하고 있다.

어렸을 때는 텔레비전이나 만화에 나오는 개를 보면 '와 나도 저 강아지를 키우고 싶어!'라고 열망할 때가 많았다. 주로 만화 영화인 〈101마리 달마시안〉에 나오는 점박이 무늬 달마시안을 보면서 그런 생각을 많이 했다. 멋진 화보 속의 검고 몸매가 탄탄한 도베르만을 보고도 '저런 개가 옆에 있으면 참 멋있겠다.'라고 생각하며 함께 서있는 나의 모습을 그려 보고는 했다. 그랬던 내가 철수와 훈이를 키우고 나서는 생각이 참 많이 바뀌었다. 우선 내가 키워 보고 싶다고 생각했던 강아지들은 대부분 철수보다도 훨씬 더 큰 대형견이었는데, 철수 훈이와의 산책 스킬이 늘기 전 나는 산책을 한다기 보다는 산비탈을 하염없이 질질 끌려다니는 것에 가까웠다. 철수가 가장 혈기왕성했던 시절에 나는 철수를 데리고 산책을 하면서 '큰 개가 좋다는 말 취소야!'를 속으로 몇 번이고 외친 적이 있다. 요즘에는 철수와 훈이보다 조금이라도 몸집이 크고 힘이 센 개를 키우게 되었다면 나는 매일 넘어져 온몸이 상처투성이가 되었을 거라고 생각하며, 우리 아이들까지는 내 체력으로 감당할 수 있어 다행이라고 가슴을 쓸어내리고 있다. 아주 커다란 몸집을 가진 대형견의 로망을 가진 지인들을 보면 우선 그에 맞는 힘을 키우라고 이야기해 준다. 그러나 '왕 크니까 왕 귀엽다.'라는 말이 있듯, 덩치만큼 커다란 매력이 있는 것은 틀림 없다. 마음껏 안을 수 있는 귀여운 내 왕강아지들.

심장털이범들

입마개 적응기

철수는 사납다. 우리 가족에게는 참 애교 많고 순둥순둥한 강아지인데, 그 외의 사람들에게는 얼마나 사납게 구는지 모른다. 특히 매일 우리 집에 오는 택배 기사님에게 가장 악마 같은 모습을 보인다. 얼마나 사나운 개로 소문이 났느냐 하면, 내가 급한 택배를 받을 일이 있어 택배 기사님께 우리 집이 어디인지 설명하는데, 기사님께서 위치를 이해를 못하시는 거다. 답답해서 '그 개 사나운 집이요.'라고 하니 단번에 알아들으셨다. 나중에 여쭤 보니 다른 집 개들은 몇 번 보면 짖다가도 반가워하고 그러는데, 철수는 서운할 정도로 사납다고 하셔서 죄송했다.

철수도 어렸을 때부터 사납지는 않았다. 내가 서울 생활을 정리하고 다시 집으로 돌아와서 철수와 많은 시간을 보내기 시작했을 때까지만 해도 집에 오가는 사람들을 보고 이렇게 심각하게 반응하지는 않았다. 그저 왈왈 짖는 정도였다. 그러다 철수가한 살이 되기 전 겨울 이런 일이 있었다. 나는 엄마와 집을 비우고 외출 중이었는데, 집에 방문했던 가스 검침원 아저씨께 전화가 왔다. 개가 풀려서 짖으면서 쫓아오는 바람에 나무에 올라가서 개를 피하고 싸우느라 여기저기 다쳤는데, 병원비를 내달라는 거였다. 병원비를 보내 드리고 부랴부랴 집에 갔는데 뛰어나오는 철수 얼굴이 흙으로 범벅이 되어 있었다. 아저씨가 개를 쫓아내느라 발로 조금 걷어찼다고 미안하다고 하셨는데 얼굴을 맞은 것 같았다. 다행히 크게 다친 곳은 없었고, 아저씨도 많이 다친 것은 아니라 잘 마무리가 되었다. 그 일이 있고 난 후부터 철수는 낯선 사람을 보고 더욱 예민하게 굴었던 것 같다. 그 당시에 철수가 낯선 사람들을 너무 싫어하지 않도록 여러 가지 조치를 취해 주었다면 이렇게까지 사나워지지는 않았을 것 같아 후회가 된다.

물론 타고난 성격 자체가 의심이 많고 예민한 부분도 있는 것 같다. 철수를 키우면서 내 뜻대로 따라 주지 않아서 어려웠던 점이 많았다. 내가 원하는 대로 철수가 따라 주지 않으니, 대부분 내가 철수에게 맞춰 주며 절충안을 찾게 되었다.

점잖은 얼굴에 그렇지 못한 태도

그런 철수라, 당장 쓸 일이 없어도 입마개를 사 두기는 해야겠다는 생각이 항상 있었다. 지금까지는 철수의 사나운 성격 탓에 진정제 약물 주사를 놓고 잠을 재워 진료를 보았지만 나이가 들면 진정제 주사도 몸에 무리가 갈 테니, 언젠가는 입마개만 하고 진료를 봐야 하는 날도 올 것 같았다.

강아지 입마개를 검색해 보니 선택의 폭이 참 좁았다. 재질은 실리콘, 플라스틱, 매쉬 망 정도였다. 국내에서 살 수 있는 제품 중에서 고르려니까 마음에 들지 않았다. 해외에는 좀 더 다양한 디자인의 입마개가 있을까? 아마존에 들어가 강아지 입마개를 검색해 보았더니, 기본적인 모양은 같았지만 디자인이 다양했다. 내 취향에 맞게 고를 수 있어 기분이 좋다가도, 개 입마개를 사는데 좋아해도 되나 싶은 생각이 들기도 했다.

어차피 입마개는 입마개지만, 입마개를 한 철수의 모습이 되도록 험상궂어 보이거나 위협적으로 보이지 않는 것도 중요했다. 가뜩이나 사나워서 입마개를 했는데 다른 사람이 보기에 위험해 보이기까지 하면 좋지 않을 것 같았다. 나는 콧등과 턱 아래까지 깊숙하게 주둥이를 감싸주는, 아주 딱딱하지는 않아 보이는 고무 소재의 입마개를 골랐다. 가벼워 보이고, 모양도 둔탁하지 않고, 주둥이를 감싸는 라인이 가늘어 부드러워 보였다. 그런데 마음에 드는 디자인을 선택하고 나니 이번에는 어떤 사이즈를 골라야 하는지 또 다른 고민이 시작되었다. 입마개마다 권장 사이즈가 있었지만 곧이곧대로 믿을 수는 없었다. 지금까지 철수와 훈이의 가슴둘레, 목둘레, 등 길이를 완벽하다고 느낄 만큼 몇 번이나 재 보았는데도 맞는 옷을 고르기까지 많이 실패했기 때문이다. 국내에서는 판매하지 않는 제품이다 보니 후기도 전혀 없었다. 아무거나 검색해도 수많은 정보가 쏟아져 나오는 초록창에 어째서 내가 고른 입마개의 후기 하나 없다는 말인가. 몇 날 며칠 고민을 해보아도 답이 나오지 않을 것 같아 일단 하나 골라 주문해 보기로 했다.

미국에서 출발한 입마개가 사흘 만에 도착했다. 주둥이에 씌워 봐야 입마개가 잘 맞는지 확인할 수 있는데, 철수에게 다짜고짜 입마개를 들이밀어 버리면 기겁하고 도망갈 것이 뻔했다. 나는 하네스를 처음 입혔을 때처럼 간식으로 연습하기를 택했다. 간식을 작은 조각으로 수십 개 잘라서 입마개 안쪽에 고개를 넣어야 먹을 수 있게 하고, 손으로 받쳐 두었다. 억지로 씌우는게 아니라 '이번에는 간식을 이렇게 먹어봐, 그게 다야.'라는 식으로 접근한 것이다. 철수는 처음에는 이게 뭔가 싶은 눈치였다가, 간식을 쉬지 않고 먹게 해주니 입마개가 코와 턱에 닿는 것쯤은 아무렇지 않은 것 같았다. 오랜 시간 철수와 무언가를 해 보고 가르치다 보니, 철수에게는 절대로 강요하지 않아야 한다는 것을 알 수 있었다. 그렇게 철수는 입마개도 금방 편히 착용하게 되었다.

입마개를 씌워 고정이 되도록 채워 보니 크기가 너무 컸다. 답답하지 않게 여유 있는 정도가 아니라, 앞발을 휘적거려 당기면 벗겨질 수도 있을 정도였다. 턱 아래로 여유공간도 너무 많아서,

혹시 철수가 몸부림을 치거나 누구한테 덤벼든다면 입마개 틈새로 손가락이 들어가 누군가 다칠 수도 있을 것 같았다. 심사숙고해서 골랐건만 이렇게나 사이즈가 안 맞다니. 결국 입마개를 다시 주문해야 했다. 실제로 받아 보니 모양은 마음에 들었다. 사이즈 폭을 모르니 처음 주문한 것보다 두 단계 작은 것까지 주문하는 게 좋을 것 같았다.

다시 주문을 하니 또 사흘 만에 입마개가 도착했다. 한 사이즈 작은 입마개를 씌워 보니 그게 잘 맞았다. 더 작은 것도 씌워 보았더니 너무 답답하게 끼는 것 같았다. 입을 조금밖에 못 벌려 여름에는 체온 조절하기도 힘들 것 같았다. 어디에서 보니 입마개를 착용할 때는 입을 벌리고 물과 간식도 받아먹을 수 있을 정도가 되어야 한다고 했다. 여러 번의 직구 끝에 철수에게 맞는 입마개를 찾은 후, 나중에 누군가 정보를 필요로 하지 않을까 해서 블로그에 사이즈 선택에 도움이 될 만한 글을 써두었다. 철수에게 맞지 않는 입마개는 철수보다 조금 더 큰 몸집을 가진 다른 강아지에게 보내 주었다. 그 이후로는 혹시 모를 일에 대비해 사두었던 입마개가 생각보다 자주 쓰였다. 집에 놀러 온 친구가 철수를 가까이서 보고 싶다고 하면, 낯선 사람과도 같이 있어 보는 연습을 할 겸 입마개를 씌워서 철수를 데리고 나왔다. 멀찍이서 입마개를 한 채로 던져주는 간식도 받아먹고, 거리를 두고 평행산책도 할 수 있었다. 남들을 배려할 생각에 구비해 놓았던 안전장치가 오히려 나에게 더욱 도움이 되었다.

삼촌이 하는 건 다 해보는 훈이

철수를 위한 내 집 마련

철수의 의심 많은 성격 때문에 나는 철수의 잠자리를 만들어 주는 데 가장 많이 골머리를 썩었다. 언젠가부터 철수는 개집에 절대 들어가지 않았다. 내가 서울 생활을 정리하고 집으로 돌아오기 전부터 말이다. 나는 철수와 다시 만난 후 철수를 개집에 들여보내려고 머리를 싸매고 고민했다. 개집이 작은가 싶어 아주 큰 사이즈의 개집으로 바꿔 봐도 들어가지 않았다. 내가 먼저 안에 들어가 철수를 불러도, 철수가 좋아하는 삼겹살을 구워 안에 넣어도 절대 개집 안에는 들어가지 않았다. 날씨가 따듯할 때는 맨바닥에서 야외 취침을 해도 그러려니 할 수 있었지만, 비가 와도 철수는 건물 지붕 밑이나 나무 밑에서 간신히 빗줄기를 피할 뿐 개집에는 들어가지 않았다. 집에 들어가지 않는다고 눈과 비를 그대로 맞게 할 수는 없었다.

집에 들어가지 않는 이유를 알아보려고 철수의 행동을 유심히 관찰했는데, 철수가 개집 앞에서 꼭 바닥을 앞발로 꾹 눌러보고 난 후에 역시 안 되겠다는 듯이 돌아서곤 한다는 것을 깨달았다.

바닥이 흔들린다고 생각하는 걸까? 일단은 바닥이 흔들리지 않아야 철수가 거부감이 없을 것 같았다. 바닥이 아예 없는 것도 괜찮을 것 같았다. 그렇지만 지붕은 꼭 필요하니, 지붕을 지탱해 줄 최소한의 벽만 세워 보기로 했다. 개집을 앞뒤로 세워두고 그 위에 나무판자를 올렸다. 바닥에는 볏짚을 푹신하게 깔아 두었다. 정말 지붕만 있는 야외 침상이었다. 그리고는 간식을 가지고 와 지붕 아래에 여기저기 뿌려 놓았더니, 철수가 냄새를 맡고 간식을 쉽게 찾아 먹고는 웅크리고 휴식을 취했다. 볏짚 위로 웅크린 철수의 몸 아래로 손을 넣어보니 퍽 따듯했다. 맨바닥에 웅크려 자는 철수를 보다가 그래도 눈비는 피할 수 있는 자리에서 쉬는 모습을 보니 마음이 조금 나았다. 하지만 금방 또 욕심이 생겼다. 바람을 막아 줄 벽 하나만 더 세우면 훨씬 더 따듯할 텐데. 나는 바람을 막아줄 만한 넓은 판자를 가져다가 그 옆에 세워두었다. 그랬더니 철수는 그 근처는 가려고도 하지 않았다. 다시 차가운 땅바닥에 웅크리고 자리를 잡는 것이었다. 하는 수 없이 기대어 놓은 판자를 치울 수밖에 없었다. 틈틈이 철수의 잠자리를 더욱 따듯하게 해 줄 기회를 노려 보았지만 번번이 실패했다. 나는 계속해서 철수가 어디까지 허용하는지 한계치를 확인하며 잠자리를 조금이라도 따듯하게 꾸며 주었다. 철수의 첫 겨울은 내리는 눈을 피할 정도의 허술한 잠자리만 차지한 채 끝나갔다.

봄이 온 후에 철수의 잠자리를 볕이 잘 드는 곳으로 옮겼다. 내 방 창문 너머로 보이는 곳이라 무슨 일이 있을 때 얼른 내다

보기도 좋았다. 철수는 봄부터 가을까지는 플라스틱 깔판 두 개를 'ㅅ' 모양으로 포개어 놓은 구조물 밑에서 살았다. 중간중간 폭우가 내리거나 태풍이 오는 시기에는 집 앞의 차고에서 재웠다. 그렇지만 계속 변변찮은 집 하나 없이 살게 할 수는 없었다. 훈이까지 우리 식구가 된 뒤, 나는 아이들의 공간에 대해 끊임없이 고민하다가 견사를 짓기로 했다. 나는 잔심부름만 할 뿐이었고, 아빠가 기둥을 세우고 시멘트를 부어 공구리를 치고 울타리를 세웠다. 견사를 드나들 수 있는 문까지 달고 나니 작은 운동장이 완성되었다. 철수와 훈이를 데리고 견사 안으로 들어와 문을 걸어 잠그고 목줄을 풀어 주었다. 마당보다는 좁은 공간이지만 철수 훈이가 신나게 뛰어놀았다. 킁킁거리며 새로운 집에서 냄새를 맡고 돌아다니기도 했다. 완성된 견사 위에 금속 강판을 포개어 씌워 비를 피할 지붕을 만들고, 견사 바깥으로 배수로를 파 견사 안으로 빗물이 들어가지 않게 했다. 항상 철수의 목을 꽉 매고 있던 목걸이를 풀어 주었다. 몸이 커져 더 큰 사이즈로 갈아주던 날 이후로는 한 번도 풀어준 적 없는 목걸이를 빼자 나일론 목줄에 결이 상해 푸석푸석한 목털이 드러났다. 목줄에 목이 당겨지는 고통을 없애니 마음이 조금은 편했다. 그렇게 철수와 훈이의 아늑한 보금자리가 완성되었다. 그치만 견사 안에서도 개집은 사용하지 않았다. 철수는 견사 지붕 아래 텅 빈 공간에 푹신하게 깔아준 볏짚에서 쉬었다. 차가운 겨울바람이 불기 시작하니 나는 다시 걱정이 되었다. 철수의 두 번째 겨울에도 또다시 노숙을 시킬 수는 없었다. 철수가 집으로 받아들일 만한 개집을 꼭 찾아야겠다고 결심했다. 나무 판자를 사서 직접 지을까 생각도 해보았지만 보통의 개집 형태로 완성될 집이 의미가 있을지 의문이었다. 인터넷에 판매하는 개집은 전부 다 찾아보았지만, 플라스틱, 고무, 나무로 지어진 갖은 상자 안에는 철수가 들어가지 않을 것 같았다. 나는 그저 이 녀석이 추위를 피할 수 있는 아늑한 공간이 필요한 것뿐인데, 어느 시골 집들처럼 비닐하우스가 있었다면 이런 걱정은 없었을 텐데 하는 생각이들었다. 문득, 비닐하우스라는 아이디어가 머릿속에서 반짝였다. 포털사이트에 개집이 아닌 비닐하우스를 검색해 보았다. 그랬더니 사람 한두 명이 들어가 서 있을 수 있는 크기의 미니 온실이 가득 나왔다. 바로 이거다! 좁지도 않고 바닥 면이 없어, 철수가 좁고 흔들리고 어두운 곳에 들어가는 것이 싫은 거라면 개집보다는 비닐하우스에 비교적 잘 적응할 것 같았다. 주문하고며칠 후 도착한 미니 온실을 곧바로 풀어헤쳐 조립했다. 혼자서조립하는 데 두어 시간 정도 걸린 것 같다. 조립이 끝나니 예쁜미니 온실이 완성되었다. 안이 어떤가 내가 먼저 들어가 보고 있는데, 부르지도 않은 철수가 조심스럽게 나를 따라 비닐하우스안으로 들어왔다! 넓고 환하니 거부감이 없는 것 같았다. '올 겨울은 이 안에서 겨울바람을 피하며 따듯하게 지낼 수 있겠구나.'하는 안도감에 속으로 만세를 불렀다. 곧바로 견사 안에 온실을집어넣고, 바닥에 푹신한 볏짚을 두툼하게 깔아 주었다. 입구에는 커튼을 달아 주니, 안에 들어가면 바람이 들지 않아 춥지 않았다. 결국 철수는 개집이 아닌 미니 온실을 집으로 쓰게 되었다. 먼저 쓰던 개집보다 세 배 이상 넓었다. 이 정도 크기는 되어야 집이라고 생각한 걸까? 개집을 쓰던 훈이 또한 견사 안에서 미니 온실을 쓰게 되었다.

견사 안의 온실

조금이라도 더 좋은 것을 해주고 싶은 마음

훈이의 사춘기

어느 날 외출했다가 집에 돌아왔는데 훈이가 보이지 않았다. 목줄도 하지 않은 터라 평소에는 내가 들어오는 차 소리를 듣고 반갑게 뛰어나와 반겨 주고는 하는데, 어디에서도 훈이의 모습이 보이지 않았다.

일단 짐을 내려놓아야 해서 집에 들어갔더니, 아빠가 나더러 훈이가 창고 안에 있으니 가서 꺼내 주라는 것이었다. 창고 안에서 일하는 아빠를 졸졸 쫓아다니던 훈이가 창고 안에 무슨 재미있는 게 있었는지 혼자서 열심히 놀다가, 아무리 불러도 나오지 않길래 그냥 문을 닫아 두고 왔다는 것이다. 아마 지금도 혼자 신나게 놀고 있을 것이라고 했다. 나는 훈이를 데리러 창고로 발걸음을 옮겼다. 그런데 '아우우~' 창고 안에서 훈이의 슬픈 하울링 소리가 들렸다. 다시 들어 보아도 훈이가 우는 소리였다. 그러고 보니 훈이는 태어나고 단 한 시간도 혼자 있어 본 적이 없었다. 창고에 혼자 남겨진 훈이가 충격이 컸나 보다. 너무 슬프게 울어서 얼른 창고 문을 열고 훈이를 한참 동안 쓰다듬어 줬다.

또 어느 때는 철수를 그림자처럼 쫓아다니던 훈이가 재미가 들렸는지 철수의 뒷다리를 마구 물어대던 시기가 있었다. 철수는 화도 한 번 내지 않고, 훈이가 다리를 물면 잠자코 자리를 피해 다녔다. 나는 둘의 모습을 가만히 지켜보았는데, 철수가 조금 안쓰러웠다. 아무리 강아지를 좋아하는 철수일지라도 단 하루도 혼자 조용히 쉬는 날 없이 훈이와 붙어 지내게 됐는데, 저렇게 다리까지 물면서 아프게 하면 스트레스를 받을 것 같았다. 훈이이 녀석, 삼촌 다리를 그렇게 물면 안 되지. 나는 다가가서 훈이를 번쩍 안아 들었다. 철수 뒷다리를 씹고 놀던 훈이는 어리둥절하게 품에 안겨 철수와 멀어져 갔다. 나는 조금 떨어진 벤치에 잠시 훈이를 묶어 두었다. 십 분 정도라도 철수를 혼자 있게 둘 생각이었다. 그런데 갑자기 혼자 떨어져서 묶이게 된 훈이가 깨갱깨갱 울기 시작했다. 잠시 묶어 둔 건데 저렇게 울다니 엄살이 심하다고 생각하고 있는데, 훈이가 우는 소리를 들은 철수는 안절부절 못했다. 자기 눈에 보이지 않는 곳에서 울고 있으니, 훈이한테 큰일이 났다고 생각하는 것처럼 불안해했다. 철수는 나를 보고 얼른 가서 어떻게 해보라는 듯이 짖었다. 참나, 나는 다자기를 위해서 이렇게 한 건데. 삼촌과 조카 사이의 애틋함이 눈 뜨고 볼 수 없을 지경이었다. 훈이가 너무 힘들게 울기도 해서 다시 돌아가 훈이를 데리고 왔다. 천방지축 훈이는 다시 철수의 그림자가 되어 철수 뒷다리를 깨물고 놀았다. 철수 이놈, 네 다리 걱정을 다시는 하나 봐라.

조카바보 철수

견사가 완성된 이후에도 몸집이 작았던 훈이는 견사 문 아래로 드나들 수 있었다. 오랜 시간 철수와 함께 지냈던지라 하루의 대부분을 껌딱지처럼 철수에게 붙어 있는 훈이가 집을 나갈 걱정은 크게 하지 않았다. 하지만 훈이도 자랄수록 호기심이 강해지는지 대문 밖 세상을 궁금해하기 시작했다.

하루는 아이들과 과수원으로 산책을 다녀왔는데, 산책을 끝내니 훈이가 대문 밖으로 나가버리는 거다. '갑자기 혼자 나가버리면 어떡해.' 걱정되는 마음에 훈이를 찾으러 동네로 내려갔다. 동네 입구에 묶여 있는 작은 강아지와 놀고 있는 훈이를 금방 발견할 수 있었다. 훈이는 친구랑 놀고 싶어 여기까지 온 것 같았다. 멀리서 조용히 훈이를 바라보다가 주변을 살펴보았다. 시골의 작은 동네는 쓰레기 수거 차량도 드나들지 않는다. 집집마다 작은 소각장을 두거나 깊은 구덩이를 파 각종 쓰레기를 쏟아 놓는 곳이 많았다. 밭에는 비료를 뿌린다. 유박비료는 강아지들이 고소한 맛에 주워 먹고는 탈이 나거나 심지어는 죽을 수도 있다. 훈이가 혼자서 놀러 다니다가 무엇을 먹고 탈이 날지도 모른다. 영희 생각이 났다. 나는 영희처럼 훈이를 정확한 원인도 모르게 아프게 하거나 잃고 싶지 않았다. 게다가 우리 집 대문을 나가 동네로 내려가는 길에는 큰 사료공장이 하나 있다. 매일 큰 화물차들이 드나드는 위험한 길목이었다. 차에 치여 큰 사고를 당할 수도 있고, 동네 사람들이 해코지를 할지도 모를 일이었다. 혼자서 돌아다니는 훈이를 내가 보호해 줄 수도 없고, 반대로 훈이가 동네 주민들에게 피해를 줄 수도 있다. 훈이를 혼자 놀러 다니게 하는 것은 너무 무책임하고 위험한 일이었다. 훈이를 부르니 금방 내 쪽으로 달려왔다. 집이 아닌 곳에서 나를 만난 게 너무 신기하고 좋았나 보다. 나는 그대로 집 방향으로 몸을 돌려 달리기를 했다. 그렇게 신나는 술래잡기를 하는 척하면서 훈이를 집으로 데리고 왔다. 그 뒤로도 훈이는 틈만 나면 마당 밖을 나가려고 했다. 언젠가는 해야 한다고 생각하고 있었지만, 훈이에게 목줄을 채워야 하는 날이 다가온 것이다.

훈이의 목에 목걸이와 목줄이 채워졌다. 가고 싶은 곳을 마음대로 못 가게 되니 훈이가 난리가 났다. 자유의 몸이었는데, 고작 3m 남짓한 공간 말고는 어딘가로 갈 수 없다니! 훈이가 하늘이 무너진 듯 울기 시작했다. 하지만 운다고 줄을 풀어줄 수는 없었다. 훈이는 매일같이 깨어 있는 내내 깨갱거리고 울거나 구슬프게 하울링을 했다.

'언제까지나 풀어 두고 키울 수는 없으니까, 훈이도 곧 포기하고 받아들이겠지.'

그러나 훈이의 통곡은 장장 2주가 넘도록 끝나지 않았다. 문득 젖먹이 시절의 훈이가 떠올랐다. 훈이는 자기주장이 매우 강한, 고집 센 성격이었다는 것이 말이다. 훈이를 좀 더 편하게 해줄 방법이 없을까 생각하다가, 문득 꽃집을 하는 아빠 친구가 반려견 머루에게 해 준 목줄이 떠올랐다. 쇠로 된 긴 리드줄로 동선을 짜 주고, 그 리드줄에 쇠고리를 걸어 그 주변만큼은 줄이 닿는 대로 마음껏 돌아다닐 수 있게 해 주는 방식이었다. 그 방법으로 머루는 꽃집 안까지 들어갔다가 밖으로 뛰어나와 20m가넘는 거리를 자유롭게 돌아다니고는 했다. 철물점에 가서 필요한 재료들을 사서 어리숙하지만 최대한 비슷하게 따라해 보았다. 말뚝으로 훈이가 돌아다닐 수 있는 동선을 짜서 중간에 쇠줄을 걸고, 고리를 걸어 훈이가 마음껏 마당을 돌아다닐 수 있게했다. 예전처럼은 아니었지만 마당을 활보할 수 있게 된 훈이는금방 활기를 되찾았다.

친구 보러 가출한 날

나무에 걸린 줄은 이모가 풀어주개

어느새 익숙해진 셋이서 산책

철수와의 산책 초기는 아주 엉망이었다. 자동차가 옆을 지나가거나 고양이라도 눈에 띄면 흥분하며 줄을 잡아 끌었다. 내 말은 들리지도 않는 것 같았다. 말려도 혼내도 안 들으니, 분을 못 이겨 버럭 화를 내고 철수의 궁둥이를 찰싹 때려 주는 날도 있었다. 산책 줄을 10m 길이의 리드줄로 바꾸면서는 더욱 타격이 커졌다. 장갑을 끼지 않고 리드줄을 잡은 날 철수가 흥분을 해서 한바탕 난리를 치고 돌아오는 바람에 내 손이 엉망진창이 됐다. 철수를 따라 쭈욱 풀어지는 줄을 꽉 붙잡지 못해서, 줄에 손이 쓸려 살갗이 까지고 마찰 열에 화상을 입었다. 피부가 오그라들어서 손가락 모양이 울퉁불퉁 흉하게 보이는 날도 있었다. 맨손으로 안전하게 산책을 하기는 꽤 어려운 일이었다. 그래서 항상 산책을 나갈 때는 장갑과 발을 보호해 주는 장화를 신고 나갔다. 그랬더니 손발을 다치지 않고 산책을 할 수 있게 되었다. 돌발상황에 장갑과 신발이 내 살갗을 보호해 주니 아프지 않아, 내가 재빠르게 철수를 통제하는 데도 도움이 되었다. 그래서 우리 집에는 항상 수십 켤레의 장갑과 튼튼한 장화가 준비되어 있다.

그렇게 철수랑 둘이서만 가던 산책이었는데, 훈이가 다리에 힘이 붙어 산책을 따라오고부터는 매일 셋이서 산책을 다니게 되었다. 훈이는 철수와 나만 따라다니는 껌딱지였기에 목줄을 안 해도 어딘가로 사라져 버릴 걱정이 없었다. 혹시 어디론가 달려간다 해도, 내가 얼른 뛰어가 붙잡을 수 있는 정도의 속도였다. 인적도 드문 길이라 줄 없는 강아지가 있어도 괜찮을 것 같기도 했다. 그치만 훈이가 점점 자라니 단독행동도 많이 하게 되었고, 집에서 목줄을 하게 되면서부터는 훈이도 하네스를 착용한 채로 산책하는 것이 좋겠다고 판단해 산책 용품을 마련했다.

훈이가 알아서 따라오게 할 때는 산책도 한 번으로 끝났는데, 훈이도 하네스를 하면서부터 철수 한 번, 훈이 한 번 산책을 교대로 하려니 시간도 체력도 많이 소모되었다. 또 철수는 산책을 먼저 한 뒤 훈이의 산책 순서에 집에 혼자 남아도 괜찮았는데, 훈이는 철수가 산책할 순서라 마당에 혼자 남겨지면 많이 불안했는지 혼자 있는 동안 쉬지 않고 계속 짖었다. 둘이 같이 산책을 다니면 냄새를 맡으며 돌아다니다가도 갑자기 흥이 올라 둘이서 신나게 술래잡기를 하면서 뛰어다녔는데, 그 모습을 못 보는 것도 참 아쉬웠다. 어떻게든 철수와 훈이를 한 번에 다 데리고 산책을 나가고 싶었다.

나는 둘을 한 번에 데리고 나갈 방법을 찾다가 훈이가 처음 목줄을 맸을 때 긴 와이어 줄을 설치해 준 것을 떠올렸다. 셋이서 함께 산책을 하기에도 좋은 방법 같았다. 나는 리드줄로 5m, 10m나 되는 아주 긴 줄을 사용했다. 철수와 내가 양쪽 말뚝이 되고, 철수의 리드줄에 훈이의 리드줄을 걸면 훈이는 그 안에서 자유롭게 돌아다니면서 산책할 수 있을 것 같았다. 실제로 해보니, 가고 싶은 방향이 안 맞아 서로 휙 당겨지는 경우가 있긴 했지만 그래도 제법 괜찮은 방법이었다. 몇 번 서로 불편하게 몸이 당겨지니 철수나 훈이가 서로를 따라다니거나, 갑자기 거리가 멀어지면 줄이 당겨질 것을 아니 얼른 쫓아가고는 했다. 그래서 훈이가 다 커서도 셋이 함께 산책할 수 있게 되었다. 문제는 아이들이 동시에 고라니나 살쾡이 같은 야생동물을 발견하고 같은 방향으로 달려가면 나는 속수무책으로 끌려가게 된다는 것이었다. 중심을 잃고 넘어져서 질질 끌려가거나, 손을 쓸리는 일이 잦았다. 손이 쓸리고 상처가 나서 너무 아픈데도 끝까지 줄을 놓치지 않았다고 스스로 뿌듯해했다. 절대로 줄을 놓치고 싶지는 않았다. 10m나 되는 긴 줄이니, 철수 훈이가 멀리서부터 달려 속도라도 빨라지면 나는 붕 떠서 날아가는 경우도 있었다. 내가 넘어져서 누워 있어도 철수 훈이는 신경도 안 썼다. 영화나 유튜브 영상을 보면 반려견이 울거나 쓰러진 가족을 보고 슬퍼하며 위로해 주고는 하던데, 아무래도 그런 건 다 거짓말인 게 분명하다. 나는 넘어질 때마다 철수나 훈이가 돌아와서 '괜찮아? 아프지는 않아?'라고 몸을 붙여 오는 반응을 기대했는데, 항상 나 혼자 스스로 털고 일어났다.

시간이 지나니 긴 줄을 사용하는 데도 요령이 생겼고, 철수 훈이와 셋이서 산책 방향을 바꿔가면서 걷는 게 익숙해졌다. 지금은 헛소리만 조금씩 내도 서로 어디로 가려는지를 안다. 맨날 넘어지고 까지던 산책이 이렇게나 호흡이 척척 맞아졌다니, 남들이 보면 분명 아주 신기해 하거나 부러워할 텐데. 우리 산책길에는 사람이 아무도 없어 누구에게 보여줄 수가 없는 것이 참 아쉽다.

셋 세면 뛰자!

철수와 훈이에게는 야간개장이라고 부르는 자유시간이 있었다. 우리 동네는 새벽 1시가 지나면 차가 한 대도 지나다니지 않는다. 그럴 때면 아이들을 깨워 견사 문을 열어 주고 자유시간을 주었다. 평소에는 리드줄을 하고서만 돌아다닐 수 있는 마당과 조용한 뒷산이 철수 훈이 차지가 되는 것이다. 견사 문을 활짝 열면 철수와 훈이는 기다렸다는 듯이 전속력으로 질주한다. 저렇게 뛰어놀고 싶은 것을 어떻게 참았을까 하는 생각이 들 정도로 쉬지 않고 뛴다. 조용한 밤에 저 멀리서 우두두두 달려오는 뜀박질 소리와 거친 숨소리가 들리면 '실컷 놀고 이제야 오는구나.'라는 생각이 든다. 보이지 않는 곳에 가서 하고 싶은 것을 원 없이 하고 나서야 마당으로 돌아온 철수 훈이에게 물 한 사발을 내밀면 한껏 목을 축인다. 그런 다음 마당에 엎드려 편안하게 휴식을 취하다가, 간식까지 맛있게 먹고 견사로 들어간다. 그런데 정작 나는 돌아온 아이들을 보면서 불안한 마음이 몰려왔다. '혹시나 내가 보이지 않는 곳에서 몸에 안 좋은 것을 먹었으면 어떡하지?'라는 걱정이 들어서, 낮은 의자를 견사에 두고 앉아 한참 동안 철수 훈이를 쓰다듬으면서 지켜보았다. 아이들에게 아무런 이상이 없다는 것을 확인하고 나서야 밤 인사를 한 뒤 집으로 돌아갔다. 매일이 아슬아슬한 자유시간이었다. 그렇게 자유시간을 주는 것도 우리 집 마당에 고양이들이 나타나고 나서는 그만두었다.

마당에서 자유롭게 달리도록 해줄 수 없으니, 다른 대책을 마련해야 했다. 반려견 운동장은 생각보다 많은 곳에 있다. 하지만 낯선 사람을 싫어하는 철수를 데리고 반려견 운동장에 가기는 어려웠다. 그래서 검색을 해보다가 대관운동장이 있는 것을 알게 되었다. 대관운동장은 정해진 시간 동안 대여해서 이용할 수 있는 실내 또는 야외 공간으로, 다른 사람들이나 강아지와 마주칠 일이 없었다.

아쉽게도 내가 사는 당진에는 없고, 차를 타고 두 시간은 가야 대관운동장이 나왔다. 거리가 멀었지만 그래도 철수와 훈이를 데리고 가면 신나게 뛰어놀지 않을까 하는 생각에 강화도에 있는 대관운동장에 가본 적이 있었다. 훈이는 열심히 뛰어노는 것 같은데, 철수는 낯선 곳에 오니 넓은 운동장을 달리는 것보다는 먼저 다녀간 다른 강아지들이 남긴 냄새만 맡느라고 예약한 시간의 절반을 보냈다. 적응하는 데 시간이 꽤나 필요한 것 같았다. 구석구석 넓은 운동장을 탐색하고 파악을 완료하고 나서는 그제서야 훈이랑 즐겁게 뛰어놀았다. 나는 그 뒤로도 종종 새로운 대관운동장에 가거나, 매일 가는 산책길 말고 새로운 곳을 찾아 산책을 하고는 한다. 낯선 냄새를 탐색하며 코를 킁킁거리는 행동만으로도 뇌 활동이 활발해진다고 한다. 실제로 아이들은 가본 적 없는 곳이나 먼 곳에 가서 놀고 돌아오면 잠이 쏟아지는지 한참 숙면을 한다.

헤어날 수 없는 털갈이의 늪

철수와 훈이는 겨울이 끝나고 따듯한 봄이 올 때와 여름 무더위가 시작될 때 두 번 털갈이를 한다. 겨울에 아이들의 속살을 헤집어 보면 살이 보이지 않을 정도로 털이 촘촘했는데, 여름에는 두꺼운 겉털만 남기고 보송보송한 솜털이 우수수 빠져버리는 게 참 신기했다. 털갈이 기간에는 내 옷에 민들레 꽃씨처럼 붙은 개털 때문에 돌돌이를 하루 종일 문질러야 한다.

털갈이가 시작되면 전에는 소용 없었던 빗들이 꽤나 쓸모 있어진다. 잡아당겨도 빠지지 않던 솜털들이 빗질 한 번에 뭉텅뭉텅 빠져버린다. 이 빗질이 여름옷을 갈아입는 데 도움을 주는 것 같다. 강아지 빗에는 여러 종류가 있는데, 털갈이 시기에는 빗질을 더욱 자주 해 주어야 하니 촘촘하면서도 피부에 닿을 때 자극이 덜한 빗을 쓰면 좋다.

털갈이 시기에 빗은 털을 바구니에 한가득 모아 두면 왠지 모를 희열이 느껴진다. 몽실몽실하게 뭉쳐서 구름처럼 글자를 쓸 수도 있겠다 싶어 개털을 뭉쳐 철수 훈이의 이름을 만들어 보았다. 그랬더니 실제로 여러 글자를 만들 수 있는 정도의 양이었다. 그냥 버리지 않고 새들이 사용하도록 견사 지붕 위에 올려두면 한 마리 두 마리 모여들어 개털을 쏙쏙 뽑아 입에 물고 사라지는 모습을 볼 수 있다. 개털을 집 짓는 데 사용하면 참 따듯할 것이다. 실제로 철수 훈이의 털 속에 가만히 손을 대고 있으면 맨살에 훈기가 돈다. 일년에 두 번씩 털을 어마어마하게 뽑는 개들의 털을 모아 이불을 만들면 좋은 제품이 나오지 않을까 생각해 본 적도 있다.

털갈이 시기가 지나고 나면 살이 빠졌나 싶을 정도로 체형이 달라 보인다. 철수는 겨울에는 빵실한 털 덕분에 얼굴이 동그란 보름달 같은데, 여름에 솜털이 빠지고 나면 신기하게 육각형으로 보인다. 훈이는 겨울에 북극여우처럼 빵실빵실 올라 있던 털을 여름 털갈이 기간 동안 벗어내면 이게 누군가 싶게 날씬해진다.

누나는 개털로 이름 쓰기 장인!

실외배변과 변비 탈출기

반려인들이 쓰는 용어 중에 실외배변이라는 말이 있다. 집안에서 키우는 개들 중 실내에서는 대소변을 보지 않는 아이들을 실외배변 한다고 한다. 그런데 앞서 짧게 언급했듯, 철수 훈이도 나름의 실외배변을 한다. 철수도 훈이도 견사 안에서는 대소변을 보지 않고 참는다. 편하게 지내는 영역 밖에서 배변을 하고 싶어하는 깔끔한 성격들이다. 철수와 훈이를 데리고 매일 산책을 규칙적으로 나가는 가장 큰 이유는 아이들의 배변 때문이다. 철수와 훈이는 산책을 나가 이곳저곳을 돌아다니면서 참았던 대소변을 충분히 눈다. 그리고는 견사에 들어와서 먹고, 자고, 쉬었다가, 다음 산책을 나갈 때까지 대소변을 꾹 참는다. 그런데 철수와 달리 훈이는 그렇게 필사적으로 참지는 않는다. 훈이는 급하면 견사 밖에서 똥오줌을 눈다. 아무 데나 누는 것은 아니고 훈이가 정한 화장실이 있다. 그래서 훈이는 걱정이 덜 된다. 끝까지 참으려는 철수가 걱정이다. 건강이 염려되어 가끔은 참지 않았으면 하는 날도 있다. 폭우가 쏟아지거나 태풍이 오는 날에도 오줌을 누이러 나가야 한다. 철수는 비가 오나 눈이 오나 견사 밖을 나가면 즐겁게 돌아다니다가 배변까지 해결하고 온다. 그런데 훈이는 비가 억수로 쏟아지는 날에는 '이런 날씨에 꼭 나가야 해?'라는 얼굴을 하고는 억지로 끌려 나온다. 하루는 견사 밖을 나오자마자 도로 들어가 버린 적이 있다. 하는 수 없이 철수만 얼른 데리고 산책을 나갔다가 돌아왔었다.

이런 철수가 한두 살쯤 되었을 무렵 변비로 심하게 고통스러워했다. 어떻게 개가 변비로 고통스러워하는 것을 아느냐 궁금해 할 텐데, 똥을 누려고 힘을 줄 때 울부짖는 소리를 듣고 알았다. 평소처럼 똥을 누는 자세로 몸을 동그랗게 말고 힘을 주는데 똥은 나오지 않고, '끙!' 하는 비명 소리만 냈다. 여러 번 시도를 해도 똥은 나오지 않았고, 철수는 무척 괴로워 보였다. 철수는 종종 변비에 걸렸는데, 한 번은 철수가 사흘이나 똥을 누지 못하자 내가 동물병원에 찾아가 관장약을 처방받았다. 집에 돌아와 관장약을 먹인 다음 산책을 나갔는데, 철수가 똥이 마렵다는 신호를 강력하게 보냈다. 안절부절하는 발걸음으로 똥 눌 자리를 골라 뱅글뱅글 돌더니 몸을 동그랗게 말고 힘을 주는데… 똥꼬에서 쏟아지는 폭포를 보았다. 충격적인 장면에 입을 떡 벌리고 서 있는데, 며칠 만에 쾌변에 성공한 철수는 홀가분한 표정을 지었다. 그 사건 이후로 유산균을 잘 챙겨 먹이고, 딱딱한 뼈 간식은 연달아 주지 않고, 물을 많이 먹이니 변비에 걸리는 일은 없게 되었다.

상쾌한 철수의 미소

개 풀 뜯는 소리

개를 키워 보지 않고는 모르는 것 중 하나가 개도 토를 한다는 사실일 것이다. 철수와 훈이를 키우다 보니 구토하는 모습을 종종 볼 수 있었다.

아침밥을 먹기 전에 산책을 먼저 나가는 날에는 얌전히 걷던 철수가 갑자기 다소곳이 앉아 미소를 지을 때가 있다. 그게 꼭 인자하게 미소를 띠는 것처럼 보여서 '왜 웃지?'라는 의문이 들었다. 그러던 것도 잠시 몸을 꿀렁꿀렁 거리더니 우웩 토를 하는 모습을 보고 나서야 구토의 신호였다는 것을 알았다. 처음 철수가 구토를 했을 때는 철수가 많이 아픈 줄 알았다. 하던 산책을 멈추고 곧장 집으로 돌아와 하루 종일 쉬게 하면서, 아플 때는 뭔가를 안 먹는 게 좋을 것 같아 반나절 정도 음식을 주지 않았다. 철수는 노란 빛깔을 띠는 토를 했는데, 나중에 알고 보니 그것은 공복 상태가 길어져서 위에 부담이 돼 구토를 한 것이었다. 공복 때문에 토한 철수에게 공복 시간을 더 늘려줘 버린 것이다. 강아지 구토의 원인은 색깔로 대략 확인할 수 있는데,

구체적인 것은 병원에서 상담하는 것이 가장 좋다.

철수 훈이는 봄만 되면 산책길에 흔히 보이는 풀을 자주 뜯어먹는다. 어찌나 풀을 맛있게 뜯어먹는지 개가 아니라 하얀 염소인가 생각이 들 때도 있다. 한 번은 철수가 산책만 나가면 풀만 잔뜩 먹고 들어오길래 엄마에게 이야기했더니, 엄마가 개는 속이 안 좋아서 토하고 싶을 때 일부터 삐죽삐죽한 모양의 풀을 찾아 뜯어 먹는 거라고 알려 주었다. 나는 그런가 보다 하고 철수가 풀을 뜯을 때마다 '속이 안 좋은가 보다. 풀을 조금 더 뜯고 토하도록 내버려 둬야지.'라고 생각했는데, 아무리 기다려도 풀로 배를 채울 뿐이지 토를 하지 않는 거다. 철수를 보며 모든 개가 속이 안 좋아서 구토를 할 목적으로 풀을 먹는 것은 아님을 알았다. 철수는 그저 그 풀이 입맛에 맞는 것이다.

물론 속이 안 좋을 때 풀을 먹고 토하는 경우도 있다. 내가 철수를 차에 태우고 동네 좁은 길을 급하게 돌아다닌 날, 핸들을 이리저리 꺾으면서 운전하는 바람에 차가 많이 흔들려 철수가 멀미가 난 것 같았다. 차 안에서 입꼬리를 동그랗게 말고 토할 것 같은 표정도 짓고, 쩝쩝 침을 삼키고, 켁켁거리며 자꾸 속에 있는 것을 뱉어 내려는 행동을 하길래 철수가 속이 안 좋구나 싶어 급히 차를 세우고 내리게 했다. 그랬더니 길가에 나 있는 풀을 아무거나 마구 뜯어먹더니 울컥 토했다.

훈이는 어릴 때부터 철수의 행동을 전부 따라했는데, 철수가 풀을 뜯어 먹는 것을 보더니 자기도 따라서 풀을 마구 뜯어먹기도 했다. 그런데 오히려 연약한 위장이 너무 자극되었는지 풀을 맛있게 먹다가 웩 하고 토한 일이 있었다. 귀여운 녀석.

어릴 적 훈이는 위장이 약해서 신나게 달리기를 하고 나면 꼭 구토를 했다. 밥을 먹은 지 얼마 안 돼 먹은 사료를 전부 토해 버렸고, 빈속이라면 물만 마신 것도 왈칵 게워냈다. 훈이는 공놀이를 너무 좋아해서 항상 공을 던져 달라고 가져온다. 그 공을 멀리 힘차게 던져 주면 신나게 뛰어서 물어오는 놀이를 잘한다. 그런데 꼭 숨차게 뛰어놀고 난 후에 토를 하게 되니, 매일 구토를 하는 게 두 달 넘게 이어지고 있었다. 좋아하는 공놀이를 못하게 할 수도 없어서 참 난감했다. 그러던 중에 소화효소가 함유된 유산균이 있다는 것을 알게 되었다. 철수가 변비로 종종 고생하던 때라 유산균을 꼭 챙겨 먹이려고 하는데, 소화효소가 포함되어 있다니 위장이 약해 토를 잘하는 훈이에게도 좋을 것 같아 꾸준히 챙겨 먹여 보았다. 그랬더니 정말로 훈이가 구토를 하는 증상이 사라졌다. 이후로는 토할 걱정 없이 신나게 공놀이를 할 수 있게 되었다.

Tip **강아지 보조제**

강요하는 것은 아니지만, 강아지의 건강 상태에 따른 적합한 보조제를 챙겨 먹이는 것은 권장하고 싶다. 보조제에 대한 지식이 없을지라도 보조제를 판매하는 수입사나 편집샵에 상담을 하면 정성스럽게 답변을 해 주는 곳이 많아, 필요한 보조제를 선택하는 데 도움을 받을 수 있다.

킁킁 풀 냄새

중년이 된 철수

철수는 과수원 집 강아지로 여섯 살 견생을 살면서 부모님이 농사짓는 제철과일과 채소를 마음껏 먹었다. 가을에는 사과와 고구마, 초겨울에는 김장 무, 여름에는 산딸기, 엄마의 텃밭에 있는 참외도 전부 뜯어다 속만 파먹어 버릴 정도로 과일과 채소를 좋아했다. 먹으라고 알려 주지도 않았는데 제철이 되면 스스로 찾아 먹는 것이 귀엽기도 하고 신기해서, 원하는 대로 실컷 먹도록 내버려 두었다. 가을이면 매일 산책길에 사과 한 개는 당연하게 먹고 오는 것이 철수와 훈이의 일상이기도 하다. 언제까지나 반복되는 일일 줄 알았는데, 그렇지 않다는 것을 최근에 알게 되었다.

작년 가을, 과수원에서 큼직하고 예쁜 사과를 골라 따와서 바구니에 담고 잠시 자리를 비운 사이 철수가 바구니에 있는 사과 네 개를 그 자리에서 먹어 치운 적이 있었다. 평소보다 많이 먹었지만 나는 대수롭지 않게 생각하고 넘어갔다. 그런데 다음 날 아침 산책을 다녀와서 아침밥을 먹이려는데 철수가 밥에 관심이 없는 거다. 철수가 아주 좋아하는 메뉴였는데 먹지 않다니! 철수가 밥을 아예 거부하는 것은 처음 있는 일이어서 분명 어딘가 아픈 거라고 생각했다. 그날 아침 산책도 돌이켜 보니 신나게 달리지도 않고 얌전히 걸으면서 차분하게 군 것도 이상했다. 어디가 아픈지 찾기 위해 철수의 몸을 더듬어 보려고 하니 쓰다듬기를 좋아하는 철수가 손길을 거부하면서 피해 다니는 거다. 나는 서둘러 철수를 병원에 데리고 갔다. 하지만 동물병원에 가서도 별다른 증상을 찾지 못했다. 수의사 선생님도 철수를 유심히 살펴보더니 많이 아픈 것은 아닌 것 같은데 밥을 안 먹는다니, 어제 무슨 일이 있었냐, 무얼 먹었냐고 물었다. 나는 가볍게 어제 철수의 일과를 읊는 중에 사과를 네 개나 먹은 일을 이야기했는데, 수의사 선생님은 "사과를 네 개나 먹으니 탈이 나지요!"라고 했다.

"철수 나이가 이제 적은 나이가 아니에요. 사람으로 치면 중년이에요. 아무거나 다 소화하는 젊은 나이가 아니니 먹을 것은 무리가 안 가도록 관리해야 합니다."

그러면서 병원에 있는 작은 포스터를 가리켰다. '우리 강아지, 사람으로 치면 몇 살일까?'라는 문구가 있는 포스터였다. 강아지는 사람보다 나이를 빨리 먹는다는데, 이제 고작 여섯 살인 철수가 나이 많은 강아지에 속하다니. 철수가 크게 아픈 것은 아니라 다행이었지만 울적한 마음이 들었다. 집에 돌아와 보니 건사 구석에 전날 저녁에 먹은 듯한 사료와 사과를 토해 놓은 것이 눈에 들어왔다. 아마 내가 허둥대며 철수를 병원에 데려갈 준비를 하는 동안 속이 안 좋았던 철수가 견사 구석에 토를 한 것 같았다. 그러고는 괜찮아진 모양이었다. 철수가 토해 놓은 것들을 치우고 밥을 주니 식욕이 도는지 잘 먹었다. 정말 전날 먹은 것이 과했던 거였구나. 그 뒤로는 아무리 좋은 음식이라고 해도 적당히 먹이게 되었다.

개밥 변천사

　반려견의 장수의 비결은 무엇일까 깊이 고민하던 때가 있었다. 강아지의 생활양식을 생각하면 당연히 먹거리가 큰 비중을 차지할 것 같았다. 좋은 것을 먹으면 오래오래 건강하게 살아가는 데 도움이 되는 것은 사실이다. 아이들을 건강히, 오래도록 곁에 둘 수 있게 도와주는 단 하나의 완벽한 식단이 있다면 정말이지 그대로 따르고 싶다. 하지만 안타깝게도 정답은 없는 것 같다.

　그러다 보니 강아지가 먹어도 되는 것은 다양하게 먹여 보고, 먹으면 안 되는 것은 '절대로' 주지 말자는 것이 철수와 훈이의 밥을 챙기는 기준이 되었다. 영희가 죽은 원인이 먹으면 안 되는 것을 먹었기 때문인 것 같다는 진단을 받은 후로 이것만큼은 철저하게 지키고 있다. 파, 양파, 마늘, 포도, 초콜릿, 간이 되어 있는 음식 등이 내가 철수 훈이에게 절대 금지하는 것들이다. 잘 모를 때는 인터넷에 검색을 해본다. 구글에 검색해 보면 내가 궁금해 하는 식재료를 강아지가 먹어도 되는지 안 되는지 거의 다 알 수 있다. 다행히도 철수와 훈이는 알러지도 없고, 편식도 거의 없다.

처음에는 사료만을 먹였다. 그것도 집 근처 마트에서 가장 쉽게 구할 수 있는 저렴한 사료였다. 다만 한 가지 사료를 너무 오래 먹였다 싶으면 다른 사료를 찾아보고 바꿔 주었다. 맨날 같은 밥만 먹으면 얼마나 지루할까 싶어서이다. 나만 해도 학창시절 오늘 급식은 무엇인가에 온전히 정신을 쏟은 나날이 많았다. 초등학교 때 증조할아버지가 돌아가셔서 집에서 5일장을 치렀다. 상을 치르느라 5일 동안 학교에 가지 않아도 되었지만, 3일째 되는 날에 학교에서 내가 가장 좋아하는 짜장밥이 나온다는 이유로 특식을 먹기 위해 등교를 했다. 이틀이나 더 학교를 빠질 수 있는데 말이다. 먹는 행복은 이만큼 큰 것인데, 주는 밥만 먹을 수 있는 개들이 매일 똑같은 맛의 사료만 먹는다면 참 안타깝다는 생각이 들었다. 양고기가 주로 들어간 사료를 오래 먹였다면, 다음 사료를 주문할 때는 칠면조나 닭고기처럼 먹여 보지 않은 육류로 만든 사료를 눈여겨보게 되었다. 가끔 딱딱한 사료가 아닌 습식 캔이나 동결건조 사료를 따듯한 물에 불려 주거나, 두툼한 생고기를 그대로 주기도 한다. 나는 아이들에게 다양한 것을 먹어 보는 즐거움을 주고 싶다. 시간이 지나면서 철수와 훈이의 밥그릇에는 배를 채울 것뿐만 아니라 오메가3, 유산균, 영양제 등 여러 가지 보조제들도 추가되었다. 그러다 보니 저가사료에서 시작한 철수 훈이의 식비는 점점 지출의 많은 부분을 차지하게 되었다.

개를 키우는 데 드는 식비를 무시할 수 없다. 보호자로서 올바른 것을 먹이고 건강하게 키우려면 경제력이 탄탄해야 한다는 것을 실감한다. 반려견 먹거리 시장은 어마어마하게 크고, 그만큼 보호자들의 관심도 많다. 그 덕분에 전 세계의 다양한 강아지 주식, 사료를 국내에서도 구할 수 있다. 선택의 폭이 넓어진 만큼 가격대의 범위도 아주 넓다. 저가의 사료일수록 출처를 알 수 없는 원재료를 사용하는 경우가 많다. 내가 처음에 철수에게 먹인 사료들이 그러했다. 비싸면 그만큼 좋은 것이겠지 싶어, 다양한 고가 제품들을 먹여 보기도 했다. 그렇지만 23kg, 16kg가 넘는 중대형견 아이들을 꾸준히 먹일 고정적인 식비로는 부담스러웠다. 당연하지만 몸집이 클수록 많이 먹는다. 몸무게가 5kg이 넘지 않는 강아지를 키우는 친구가 지출하는 한 달 식비를 듣고 부러움을 느낀 적도 있었다. 양질의 먹거리와 나의 주머니 사정 사이에서 갈등하며 무엇을 먹이는 게 가장 좋은 것인지 고민하다가, 직접 성분표를 보기 시작했다. 무엇으로 만들어진 것인지 읽어 보고, 내가 알 수 있는 것들이 적혀 있는 제품을 골랐다. 내가 철수와 훈이에게 먹이는 것이 무엇인지는 알고 먹이자는 생각이었다. 여기에 개가 먹어도 되는 식재료들을 토핑 정도로 더해 주는 것이 내가 해 주던 서비스였다. 아이들의 먹는 즐거움도 중요했거니와, 시리얼 같은 갈색의 개밥만 보고 있으면 '좀 꾸며 볼까?'라는 생각도 들었기 때문이다. 그래서 파프리카나 사과, 브로콜리, 블루베리, 달걀노른자나 돼지목살, 생강가루와 검은 깨 등 다양한 색깔을 가진 식재료들을 더해 주는 재미에 더욱 토핑을 다양하게 꾸몄던 것 같다. 그래서 지금도 사료를 기본으로 한 밥에 신선한 야채와 육류를 올려 함께 준다. 아이들의 생일 같은 기념일이 되면 예쁜 강아지 케이크를 만드는 수제간식 업체에 케이크를 주문해 파티를 열어 주기도 한다. '오늘은 또 새로운 게 나왔네!'라며 조심스럽게 냄새도 맡고 먹어보는 철수와 훈이가 언제까지나 건강하고 행복하면 좋겠다.

강아지용 케이크

직접 만들어 먹이는 것에도 관심이 생겼다. 내가 처음으로 철수와 훈이를 위해 만들어 본 음식은 '테린(Terrine)'이었다. 프랑스의 전통방식으로 만든 고기 요리 중 하나인데, 테린을 만드는 방식으로 강아지를 위한 육류 요리를 만들 수 있다고 해서 도전해 보았다. 다진 생고기와 잘게 썬 다양한 야채를 골고루 섞어 틀에 담아 오븐에서 익히면 끝이었다. 완성된 테린은 꽤나 그럴듯해 보였다. 철수 훈이는 내가 만든 테린을 아주 맛있게 먹었다. 개껌도 직접 만들어 보았다. 유통기한이 짧은 편인 산양유를 기간 내에 다 먹일 수 있을 것 같지 않아서 한천가루를 사다가 비율을 맞춰 끓인 다음 틀에 넣고 식혀 굳히고, 건조기로 건조시켜 꼬들꼬들한 개껌을 만드는 데에 성공했다. 직접 만든 음식을 먹이니 더욱 뿌듯했다. 게다가 내 두 눈으로 보고 고른 신선한 재료로 만드니 내가 해 줄 수 있는 최선의 건강한 먹거리였다. 처음에는 그저 그 음식을 만드는 데에만 집중하다가, 몇 차례 더 만들게 되니 멋을 내는 여유도 생겼다. 색깔을 내는 식재료의 비율을 다르게 해서 층을 내고 무지개떡처럼 알록달록한 테린이나 산양유껌을 만들기도 했다. 예술혼을 불태울 정도로 처음에는 아주 재미있었지만, 재료를 사 모아 직접 팔을 걷어붙이고 부엌에 틀어박혀 요리를 하는 것이 나에게는 꽤나 번거로운 일이었다. 그렇지만 요즘도 가끔씩은 직접 만들어 먹이며 뿌듯함을 느낀다.

누나는 이제 테린 마스터

진도네컷

#개풀뜯어먹는소리 #실제상황 #현장에서_검거

4장

과수원집 아들들

달라도 너무 다른 두 강아지

매일 같은 곳에서 자고, 같은 밥을 먹고, 같이 산책을 나가서 같은 것을 보고 듣는데도 철수와 훈이는 참 많이 다르다. 우선 나에게 원하는 것이 있는 경우에, 철수는 가만히 기다리는 편이다. 산책을 가고 싶거나, 오줌이 많이 마렵거나, 도움이 필요해도 내가 나타날 때까지는 아무 소리를 내지 않고 기다린다. 그렇게 꾹 참고 있다가 내가 저 멀리 나타나면 히웅히웅 소리를 내고 귀를 머리 뒤로 한없이 내리면서, '우리 얼른 이거 하면 안 될까?'라는 눈빛으로 나를 쳐다본다. 철수가 한 살쯤 되었을 때, 비만 피하도록 만들어준 지붕 있는 구조물에 목줄이 걸려 옴짝달싹하지 못하게 된 적이 있었다. 그때 나는 그 사실을 전혀 모르고 있었다. 산책 갈 시간이 되어 철수에게 다가가니 몸을 어찌지 못하고 자리에 털썩 주저앉아 있던 철수가 나를 보고 나서야 끼잉 낑 소리를 내며 울었던 기억이 난다. 반면에 훈이는 자기가 원하는 것이 있다면 당장에라도 나를 불러내서 '나 이거 하고 싶다고!'라고 당당하게 요구하는 편이다. 늘 산책을 가는 시간에

146

내가 늦장을 부려 방 안에 있으면 창문 밖에서 훈이가 꿍얼꿍얼거리는 소리를 낸다. 그때 내가 바로 나가지 않고 귀여워서 그 소리를 조금 더 듣고 있으면 왕왕 짖어서 나를 불러낸다. 산책을 가고 싶거나 밥을 먹고 싶으면 참지 않는 훈이. 바로 표현하는 훈이 덕분에 견사에 무슨 일이 있다면 빠르게 알 수 있다. 꾹 참고 기다리기만 하는 철수 옆에 말 많은 훈이가 있어서 다행이다.

집 안팎에서의 행동도 다르다. 철수는 집에서는 낯선 기척에 아주 용맹한 파수꾼처럼 굴지만, 집 밖으로 나가면 차분하고 얌전한 평화주의자가 된다. 집에서는 가족이 아닌 거의 모든 대상에 공격적이었기 때문에 걱정을 많이 했는데(후에 구체적으로 이야기하겠지만 훈련소에 찾아가 교육을 받고 외출도 시작하면서 철수의 또 다른 면을 보게 되었다), 밖에서는 전혀 달려들지 않고 관심을 거부한다. 오히려 지나가던 사람이 철수를 빤히 쳐다보거나 혓소리를 내며 관심을 끌면 그제서야 으르렁거리면서 불편한 기색을 드러낸다. 훈이가 먼저 사귀었던 강아지 친구들을 만난 적도 있는데, 나는 너희들한테 관심 없다는 듯이 엎드려서 휴식만 취하거나 내 뒤만 졸졸 쫓아다녔다. 그러다가 어느 강아지가 철수에게 다가와서 얼굴을 들이밀거나 관심을 보이면 조용히 으르렁 소리를 내며 싫은 티를 냈다. 얌전히 있다가도 자기를 귀찮게 한다면 금방이라도 기선제압을 해버릴 것 같이 구는 것이었다. 정말 필요한 순간에 필요한 행동만 하는 것 같다. 밖에서는 차분하고 얌전한 모습이지만 세상 처음 맞닥뜨린 풍경이나 냄새, 상황 앞에서도 철수의 꼬리는 당당하게 하늘을 향해 있다.

훈이는 집에서는 자기를 예뻐해 주는 사람들에게 몹시 친근하다. 훈이가 집에서 깔보는 대상이 하나 있다면 그건 바로 철수다. 훈이는 철수가 하는 행동은 대부분 마음에 안 드는 양 굴며 철수가 하는 행동을 다 막아 버린다. 냄새를 맡느라고 땅에 코를 박고 킁킁거리는 것도 못하게 하고, 장난감도 전부 빼앗고, 둘에게 똑같이 나눠 준 간식을 먹다가 철수가 자리라도 비우면 얼른 차지하고는 이빨을 드러내면서 가까이 오지도 못하게 한다. 그런 훈이가 밖에 나가서 낯선 강아지를 만나면 귀를 머리 아래로 숨겨 버리고 세상 겁 많은 쫄보가 된다. 집에서 철수를 괴롭히던 그 자신감은 어디 갔는지 당최 모를 일이다. 훈이는 다른 강아지는 다 무서워도 철수만은 절대로 무서워하지 않는다. 철수는 세상 강아지는 전부 이길 수 있어도 훈이한테만은 져준다.

철수는 대부분의 간식을 잘 먹는다. 편식하지 않아, 먹이는 것에 대한 걱정이 없는 편이다. 철수는 간식의 종류가 뭐든 간에 주는 대로 앉은 자리에서 맛있게 먹어치워 버리는데, 훈이는 싫어하는 것이 몇 가지 있다는 사실을 알아냈다. 바로 소고기와 악어고기다. 고깃집에 갔다가 철수 훈이에게 주려고 싸온 소 갈비살을 간식으로 나눠 주었는데, 철수는 맛있게 받아 먹고 훈이는 킁킁거리고는 먹지 않는 것이었다. 다음날에 먹는 사료에 고기를 몇 점씩 얹어서도 주었는데 훈이는 소 살코기를 깨끗하게 남긴 채 사료 알갱이만 싹싹 발라 먹었다. 결국 훈이가 소고기를 남긴 덕에 철수가 나머지 소고기도 맛있게 다 먹어 치웠다. 악어고기는 동결 건조된 트릿 간식으로 먹여 보았는데, 훈이는 악어 트릿 냄새를 맡더니 코를 찡그리며 '고약한 냄새네.'라는 표정을 짓고는 입도 대지 않았다. 그 뒤로도 악어고기로 만든 간식은 거들떠도 안 본다.

둘은 피부 타입도 다르다. 철수는 지성피부, 훈이는 건성피부다. 같은 날 목욕을 했어도 훈이는 시간이 지나도 털이 보들보들하고 약간의 먼지 말고는 때가 묻지 않는 편이다. 또 시간이 오래 지나도 목욕했던 비누향이 오랫동안 남아 냄새가 좋다. 반면에 등을 대고 앉은 철수의 털을 가만히 쓰다듬고 있으면 털 사이사이에 묻어 있던 흙이 손바닥에 두툽게 남는다. 목욕한 지 한두 달이 지났을 때 속털을 헤집어 보면 털 속이 거뭇하게 때가 끼고 기름이 져 있다. 처음에는 어째서 이렇게 다른 건지 몰랐는데, 인터넷으로 찾아 보니 강아지들도 피부 타입이 다양하다고 했다. 피부 타입을 알고 나니 신경 써야 할 것이 하나 더 늘었다.

강아지가 하는 행동을 네 마음대로 지어내서 생각하는 것 아니냐 할 수도 있을 텐데, 전부 사실이다! 강아지의 행동을 애정과 관심으로 지켜보면 강아지가 하는 말도 생각도 이해할 수 있다. 삼촌과 조카지만 달라도 너무 다른 나의 두 강아지들.

벚꽃보다 예쁜 너희

철마다 사과 먹방

　과수원집 강아지답게 철수와 훈이는 사과를 아주 좋아한다. 얼마나 좋아하냐면, 나무에 열린 사과를 골라 직접 따 먹을 정도다. 이런 이야기를 하면 사람들은 거짓말 말라며 코웃음을 치다가, 철수가 나무에서 사과를 직접 입으로 따 먹는 영상을 보여줘야 믿는다. 나는 철수가 달달한 것을 좋아하는 줄 몰랐다. 개가 사과를 먹어도 되는지도 생각을 못했는데, 철수가 한 살이 지난 해의 가을 태풍에 떨어진 낙과를 먹어보더니, 그 뒤로는 혼자서 사과를 찾아 먹는 것이다. 그냥 먹는 게 아니라 아주 맛있게 먹는다. SNS에 철수가 사과를 먹는 영상을 찍어 올렸더니 개가 어쩜 저렇게 사과를 맛있게 먹는지, 우리 집 사과를 꼭 먹어 보고 싶다면서 사과 구매를 원한다는 연락이 쏟아졌다. 매일 철수 훈이와 산책하는 모습을 담아 SNS에 공유하니, 아이들의 일상을 지켜보는 사람들에게도 과수원은 친근한 공간이었다. 그래서 철수 훈이가 즐겁게 거닐던 과수원에서 자란 사과를 SNS에 홍보해서 팔고는 했다. 사과 농사를 지으면 해마다 사과를 찾는 사람들에게 가을 내내 천천히 팔았는데, 계절이 지나도록 느긋했던 작년 장사와는 달리 며칠 만에 사과 주문이 꽉 찼다. 주문량에 맞춰서 사과를 수확하느라 '몸이 한 개 더 있었으면…'하고 바랄 정도였다. 철수가 훌륭한 영업사원 역할을 한 것이다. 그해는 가을 수확을 훨씬 빨리 마칠 수 있게 되었다. 부모님께서는 철수와 훈이가 밥값을 톡톡히 했다며 기특해 하셨다. 덕분에 철수 훈이는 사과를 언제든 마음대로 먹을 수 있게 되었다. 가을만 되면 사과를 하나씩 입에 물고 주저앉아 다 먹을 때까지 기다려야 하니 산책 시간은 자꾸만 길어졌다. 나는 아이들이 사과 한 개는 느긋하게 먹도록 기다려 주다가 두 개부터는 "안돼! 그만 먹어! 엣퉤 해!"라고 외치며 못 먹게 한다. 신기하게도 아이들은 입에 사과를 잘 물고 가다가도 "엣퉤!"라고 외치면 얼른 입에 문 사과를 놓아 버렸다. 자연스럽게 개인기도 하나 늘어났다.

수확이 끝나고는 열매라고는 찾아볼 수 없으니 철수 훈이도 겨울에는 사과를 잊고 산다. 그러다 이듬해에 사과꽃이 피고 작은 사과 열매가 맺기 시작하면 그리웠던 냄새를 쫓아 사과를 찾아다닌다. 그런데 분명 익숙한 냄새가 나는데 맛있게 먹던 큼직하고 빨간 사과는 보이지 않는 것이 이해가 되지 않나 보다. 매일 고개를 푹 처박고 땅에서 나는 냄새를 쫓던 녀석들인데, 봄부터는 사과나무 위를 올려다 보면서 킁킁거렸다. 사과를 찾는 것이 분명했다. 말도 안 통하는 철수와 훈이에게 지금은 사과가 너무 작아서 안 보이는 거라고 말해 주고 싶어도 방법이 없었다.

그래서 하루는 시장에서 파는 사과를 사 와서 사과나무 가지에 매달아 놓고 철수 훈이를 데리고 갔다. 그랬더니 철수가 얼른 사과를 당겨서 물고 가서는 날름 먹어 치웠다. 사과가 먹고 싶었구나. 어린아이의 동심을 지켜 준 것 같은 기분이 들었다. 가끔 이렇게 작은 이벤트를 해 주는 것도 좋은 것 같다.

백설훈이와 왕사과 철수

귀여운 배추 도둑

　엄마는 항상 텃밭을 가꾸기 바쁘다. 엄마의 텃밭에는 고추, 배추, 무, 참외, 방울토마토, 들깨, 콩 같은 작물들이 가득 심어져 있다. 엄마는 일 년 내내 텃밭에서 농사를 열심히 짓고, 작물이 잘 자라면 맛있는 반찬으로 만들어 식탁에 올린다. 직접 기른 것들로 가족들에게 맛있는 음식을 만들어 먹이는 것이 엄마의 기쁨이다.

　철수가 네 살이 되던 해에도 엄마는 김장철을 대비해, 거름이 충분한 밭에 배추와 무를 심었다. 매년 직접 김장을 하는 엄마는 김장을 많이 할 생각으로 배추와 무를 평년보다 많이 심었다고 했다. 덕분에 김장철이 다가오니 배추와 무가 실하게 익어가는 것이 잘 보였다. 이즈음 산책하다가 엄마의 배추밭을 지나가게 되었다. 토실토실하게 잘 자란 배추로 김치를 만들면 참 맛있겠다고 생각하며 걷는데 철수가 불쑥 배추밭에 들어갔다. 그동안은 관심도 없더니, 배추가 다 익은 냄새가 나는 걸까. 배추밭 사이사이를 킁킁거리며 돌아다니던 철수가 고개를 숙이고 코를 묻더니 배추를 뜯어먹었다.

 사과 따 먹는 철수를 몇 년째 보니 배추를 먹는 것은 놀랍지도 않았다. 배추도 잘 먹는 우리 철수. 엄마의 배추는 무농약 배추란다. 맛있게 먹고 변비는 걸리지 말자. 배추를 냠냠 뜯어 먹는 철수를 귀여워하며 쳐다보다가 요리조리 카메라를 들이대 영상과 사진을 잔뜩 찍었다. 'SNS에 올리면 배추 뜯어 먹는 개라고 다들 웃기다고 하겠네. 집에 가는 대로 올려야지.' 영상을 열심히 찍는 동안 철수는 배추 한 개를 절반 정도 뜯어 먹었다. 엄마가 알면 엄청 화낼 것 같았지만, 또 한편으로는 배추 하나 정도 누가 뜯어 먹어도 잘 모를 것 같았다. 그렇게 나는 철수가 배추를 뜯어 먹었다는 것을 이야기하지 않고 넘어갔다. 배추 맛을 본 철수는 다음 날도, 그 다음 날도 매일 배추밭에 들러 배추를 뜯어 먹었다. 산책을 가는 게 아니라 배추를 먹으러 가는 것처럼 보였다. 급기야는 배추뿐만 아니라 무까지 먹기 시작했다. 흙 위로 솟아오른 무의 윗부분을 앞니로 갉아먹더니, 무 줄기를 입에 물고는 쑥 뽑아버렸다. 그리고는 공터에 자리를 잡고 제대로 엎드려서 무를 씹어 먹었다. 훈이도 철수가 무 뽑아 먹는 것을 보더니 똑같이 무를 뽑아 먹었다. 무도 아주 맛있었나 보다. 며칠간 신나게 배추밭을 드나들던 우리는 결국 엄마의 텃밭을 초토화시켰다. 엄마에게는 끝까지 숨기려고 했지만, 엄마가 엉망이 된 배추밭을 보고야 말았다. 그런데 엄마는 고라니의 소행이라고 생각했다. 나는 그때도 아무 말 하지 못하고 상황을 모면했다. 하지만 얼마 가지 않아, 엄마가 내가 SNS에 올린 철수의 배추 먹방을 보게 되는 바람에 들통나고 말았다. 엄마는 배추밭을 엉망으로 만든 범인이 철수라는 사실에 한 번, 공범이 나라는 사실에 또 한 번 분노했다. 분노한 엄마를 시장에서 김장할 배추와 무를 새로 사 주는 것으로 달랬다. 그해 엄마가 정성껏 농사 지은 배추와 무는 철수와 훈이만 맛보고 말았다.

엄마 배추가 참 달고 맛나개

고구마 캐는 개 보셨나요?

우리 집은 언제부터인가 해마다 고구마도 심는다. 고구마 줄 기가 푸릇푸릇하게 한창 자라나는 동안에 철수와 훈이는 고구마 밭은 거들떠보지도 않았다. 매일같이 산책길에 고구마밭을 지나 갔는데도 말이다. 그런데 신기하게도 철수는 매번 작물이 맛있 게 익은 시기를 어떻게 아는지, 부모님 입에서 고구마 수확할 시 기가 되었다는 말이 나올 때쯤 슬금슬금 고구마밭으로 걸어 들 어가기 시작했다. 밭에서는 고구마 줄기를 다 쳐내고, 밭에 씌워 둔 비닐을 걷어내는 중이었다. 고구마는 여전히 땅 속에 묻혀 있 었다. '이런 울퉁불퉁한 길을 걷는 것도 아이들한테는 재미있겠 지.'라는 생각으로 밭고랑을 따라 걷는데, 철수는 땅속 고구마에 관심이 있었나 보다. 갑자기 땅을 파더니 살짝 튀어나온 고구마 를 집중적으로 파내기 시작하는 거다. 나는 철수가 고구마를 캐 는 모습이 신기해서 한참 내버려 두었다. 그랬더니 땅에 묻혀 있 는 큰 고구마를 절반 정도 파내고는 입으로 물어 쑥 뽑아 드는 것이었다. 그리고는 엎드리기 편한 곳으로 가 자리를 잡고 생고구마를 맛있게 씹어먹었다. 일을 거들러 온 아빠의 지인들이 비닐을 벗기다가 고구마를 캐 먹는 철수를 보고 웃긴 놈이라고 한마디씩 하며 웃었다. 잘 익은 고구마를 맛있게 먹더니, 그날부터 철수는 매일 산책길에 고구마밭으로 출근도장을 찍으며 고구마 한 개씩을 야무지게 먹었다. 옆에서 지켜보던 훈이도 고구마를 캐는 법을 배워서 둘이서 나란히 고구마를 간식으로 먹었다. 우리 집에는 고구마 캐는 진기한 개들이 산다.

우리 집 고구마가 젤루 실혀

날마다 보리밭 산책

아빠의 밭의 절반에는 사과나무가 빼곡히 심겨 있다. 남은 절반은 그때그때 작물을 심어 농사를 짓는데, 어째 이놈의 밭에는 작물보다 잡초가 자라나는 날이 더욱 많은 것 같다. 농작물을 심지 않는 시기의 밭에는 잡초가 무성하게 자라 무려 내 키 높이까지 오고는 한다. 그러다 보니 온갖 날벌레나 야생동물이 그 안에 사는 경우가 많았다. 산책 중에 갑자기 너구리나 고라니, 족제비 같은 동물들이 튀어나오면 철수 훈이는 흥분 상태로 돌변하여 산책은커녕 숨어 들어간 동물을 찾는 일에만 몰두하느라 정신이 없었다. 저녁 산책길에 조명을 켜면 온갖 나방이나 풍뎅이들이 내 쪽을 향해 날아드는 것이 무서웠다.

관리가 안 된 밭을 방치한 채로 겨울이 오면 마른 덤불이 밭을 가득 메워, 풀이 다 메말라 죽은 후에도 편하게 걸어 다니기 어려웠다. 잡초 숲이 되어버린 밭을 어떻게 관리하면 좋을까 곰곰이 생각하다가, 겨울에도 푸릇푸릇한 보리밭 풍경이 떠올랐다. 한 해 농사가 마무리 되고 정리된 밭에 잡초 싹이 자라기 전에 보리 씨앗을 뿌려놓으면 겨우내 푸릇한 운동장이 되고, 잡초도 자라지 못할 테니 좋을 것 같았다. 부모님과 상의해서 그해 가을에는 수확을 마친 밭에 보리 씨를 뿌렸다. 내가 무언가 적극적으로 나서서 어느 작물의 씨앗을 뿌린 것은 처음이었다. 트랙터에 비료 살포기를 연결해서 넓은 밭에 보리 씨앗을 고루 뿌리고, 밭을 가는 기계로 밭을 돌아가며 흙더미를 살짝 덮어 주었다. 넓은 밭에 대량으로 씨앗을 뿌리고 나니, 싹이 잘 자라날지 걱정과 기대가 가득했다. 씨앗을 뿌린 날부터 매일 보리밭을 돌며 산책했다. 보리 심은 곳을 발로 꾹꾹 밟아 주면 좋다고 해서 철수 훈이와 매일 밭을 뛰어다녔다. 멀리서 보리밭을 바라보면 농기계로 곱게 갈아 놓은 밭이 나와 아이들의 발자국으로 울룩불룩해 보일 정도였다.

이 밭은 이제 곧 우리 겁니다

일주일쯤 지나 여느 때처럼 산책을 하러 갔더니 눈앞에 펼쳐진 보리밭에 푸른 빛깔이 돌고 있었다. 초록색 보리싹이 솟아 올라오기 시작한 것이다. 씨앗들이 서로 약속이라도 한 것일까? 같은 날 일제히 새싹이 돋아나기 시작한 것을 보니 정말 신기했다. 싹이 돋아난 것을 가만히 보고 있자니, 당분간 보리밭에서 달리기를 하면 안 될 것 같았다. 그래서 며칠 동안은 보리 싹이 쑥쑥 자라도록 산책 경로를 바꾸어 보리밭을 피해 다녔다. 얼마간 시간이 지나니 보리밭이 푸릇푸릇해졌다. 몇 갈래로 자라난 새싹도 이제는 제법 튼튼해 보여서 철수 훈이와 다시 파랗고 넓은 보리밭에 발을 디뎠다. 보리밭은 곧 철수 훈이의 푸르른 운동장이 되었다. 날이 추워지기 전에 튼튼하게 뿌리를 내린 보리는 겨울이 되니 성장을 멈추었다. 그렇지만 춥고 매서운 날씨에도 죽지 않고 겨울을 버텼다. 보리를 심은 덕분에 잡초의 계절인 가을에도 잡초가 자라지 않아, 덤불이 우거지는 일도 없었다. 보리밭은 봄이 되어 눈이 녹으니 더욱 생기를 찾았다. 날이 따듯해지니 하루가 다르게 쑥쑥 자라나 철수와 훈이의 발꿈치까지 올라왔다. 보리 싹이 자라나니 철수 훈이뿐 아니라 작은 동물들에게도 놀기 좋은 장소였는지, 철수 훈이는 보리밭에서 놀다가 갑자기 무슨 동물의 움직임이라도 감지한 듯 용수철처럼 튀어오를 때가 많았다. 폴짝폴짝 뛰는 것이 개가 아니라 아프리카 초원의 임팔라 같았다. 하지만 매번 동물을 잡지는 못했다.

I can fly

보리밭은 여름이 되기도 전에 내 허리만큼 자라 푸른 청보리밭이 되었다. 보리밭에 바람이 불면 잎이 스치는 소리가 시원하게 느껴져 마음이 뻥 뚫리는 것 같았다. 보리 잎이 짧았을 때는 귀엽게 폴짝폴짝 뛰던 철수는 보리의 키가 자랄수록 점프력도 높아져만 갔다. 보리가 철수의 키까지 자라니 철수는 앞발을 들고 일어서야만 보리밭을 둘러볼 수 있었다. 그래서 철수는 키 큰 보리밭에서는 깡충깡충 뛰어다니기 시작했다. 보리가 다 자랄 때쯤에는 아예 두 발로 서서 캥거루처럼 뛰다시피 했다. 키 큰 보리밭은 다른 야생동물들의 쉼터도 되어 주었다. 가끔 철수 훈이가 소란을 피우는 소리에 보리밭 가운데 앉아 몸을 숨기고 있던 고라니가 놀라서 도망이라도 치면, 철수는 보리밭에 고라니가 숨어 있다는 사실을 알고 매일 보리밭으로 뛰어 들어가 껑충 뛰며 고라니를 찾아다녔다. 그 모습이 마치 돌고래가 해수면 위로 튀어 오르는 것 같았다. 보리밭에서 이런 모습을 보다니. 아름다운 보리밭에서 무언가에 미쳐 날뛰는 철수의 모습이 너무 웃겼다. 그해 보리 수확을 마칠 때쯤 철수의 허벅지 근육은 돌덩이처럼 단단해져 있었다. 잡초를 자라지 못하게 할 생각에 심었던 보리인데, 나와 철수 훈이에게 소중하고 재미있는 추억을 남겨준 보리밭이 되었다.

숨은 훈이 찾기

수차례의 방송 섭외

　어느 날 SNS로 모르는 사람에게서 메시지가 왔다. 모 방송 프로그램의 작가님이었는데, 해당 프로그램은 동물들을 다루는 것으로 잘 알려져 있었다. SNS를 통해 철수와 훈이의 이야기를 알게 되었는데, 인터뷰를 하며 이야기를 나눠 보고 방송 촬영도 하고 싶다는 것이었다. 철수 훈이가 텔레비전 방송에 나갈 수 있게 되다니, 기분이 좋았지만 나는 조심스럽게 거절했다.

　SNS 속 철수와 훈이는 해맑은 표정으로 드넓은 보리밭을 깡충깡충 뛰어놀고, 사과나무에서 사과를 따 먹는 신기한 강아지다. 나와 가족들에게는 한없이 순한 천사 같은 얼굴의 철수지만 그건 우리 말고는 아무도 없을 때의 이야기다. 철수가 낯선 사람에게는 많이 사나워서 방송 촬영을 하러 사람들이 온다면 평소의 모습을 보여 주지도 않을 것이고, 촬영을 원거리에서만 하는 것도 아니고 가까이에서도 영상을 찍어야 할 텐데 잘못했다가는 물림 사고가 일어날 수 있다고 말했다. 작가님께서는 알겠다며 연락을 끊으셨다. 아쉽지만 철수가 집에 오는 사람들을 신경 쓰지 않거나 반갑게 맞아줄 리 없는 것은 변하지 않을 사실이었다.

그 이후로도 여러 방송 프로그램에서 시골에서 행복하게 지내는 철수 훈이를 촬영하고 싶다는 연락이 왔지만, 항상 같은 이유로 거절했다. 어느 웹드라마에서 도심 속 산책을 하다가 휴식을 취하는 반려견 역할로 철수의 촬영 섭외가 들어 왔을 때는 주저하지 않고 거절했다. 내가 즐겨 보는 방송에서도 연락이 온 적이 있어 망설였지만 역시 거절했다. 하지만 너무나 아쉬워서 카메라와 장비만 보내주면 내가 직접 행복한 철수 훈이의 모습을 찍어서 보내고 싶다고 할 정도였다.

그런데 어느 프로그램을 담당한 작가는 조심스럽게 섭외를 거절하려고 꺼낸 철수의 사나운 성격에 관심을 보였다. 맞장구를 치며 내 이야기를 들어주었는데, 철수가 얼마나 사나운지 등을 물으며 철수에 대해 조금 더 알고 싶어했다. 나도 이야기가 잘 통하는 것 같아 전화 통화로 좀 더 인터뷰를 이어나갔다. '촬영은 못해도 이야기를 나누는 것은 괜찮잖아.' 나는 철수의 성격을 자세히 이야기해 주었다. 평소 훈이랑은 사이가 좋냐, 가족들에게는 사납지 않느냐 등의 질문이 이어졌다. 대수롭지 않게 여기고 이야기를 주고 받던 중, '그 질문'이 들려 왔다.

"그럼 혹시 철수와 밖에 나갔다가 이웃들이 있을 때 줄을 놓쳐버린다면 어떻게 될까요?"

나는 순간 기분이 불쾌해졌다. '이 사람이 지금 무슨 소리를 하는 거야?' 철수가 사납다는 사실과 그로 인해 이웃들에게 피해를 줄 수 있다는 불안감이 나에게는 가장 큰 괴로움이었다. 함부로 상상조차 하지 않고 있던 최악의 상황을 연출하면 어떤 상황이 벌어질지 궁금하다는 식의 질문에, 이 사람은 내 이야기를 들으며 그냥 철수를 데리고 찍어볼 만한 한 편의 아찔한 시나리오를 짜고 있었다는 것을 깨달았다. 가슴속에서 화가 치밀고 불편한 감정이 끓어올랐다. 나에게 그런 상황은 철수를 키우면서 절대로 일어나게 해서는 안 될 일인데, 왠지 이 작가와 이야기가 잘되어서 방송 촬영을 하게 된다면 철수가 이웃 사람들에게 달려드는 아찔한 상황이 만들어질 것 같아 끔찍했다.

"그런 일은 절대 일어나지 않게 하면서 살고 있어요."

불쾌함 섞인 말투로 대답을 하고 몇 마디를 더 나눈 후, 나는 대화를 마무리했다. 나의 가장 큰 두려움을 하나의 재미있는 방송 소재로 가벼이 여긴 것이 참 얄미웠다. 이후로도 그 프로그램에서 오는 연락은 일절 받지 않았다. 그 방송 또한 보지 않게 되었다.

뉴스에 나온 철수와 훈이

SNS에 철수와 훈이의 일상을 공유하면서 가끔은 유행하는 것들을 따라하기도 한다. 한 번은 영화 〈기생충〉이 큰 인기를 끌고 있을 무렵, 등장인물들의 눈을 검은 네모 박스로 가리고 있는 포스터를 기억하고는 철수 훈이의 사진으로 패러디했다. 내 SNS 계정에서 철수 훈이의 소식을 지켜보는 사람들과 가볍게 웃고 넘어갔는데, 며칠 뒤 저녁에 갑자기 메시지 창에 대화 알림이 여러 개 뜨기 시작했다. 사람들이 '지금 뉴스에 나온 거 철수 훈이 맞죠?'라고 묻고 있는 것이었다.

뉴스에 나왔다니 이게 무슨 일인가 싶어 그날의 뉴스를 다시 돌려 보았는데, 내가 패러디해 올렸던 철수 훈이의 사진이 영화가 흥행하면서 많은 팬들이 다양한 패러디를 선보인다는 주제의 뉴스 참고자료로 사용되어 있었다. 그걸 사람들이 보고 알려 준 것이었다. 철수 훈이가 뉴스에 나오다니. 그날은 가족 모두 신기하고 들뜬 마음에 그 이야기만 한참을 했던 것으로 기억한다. 그리고 한동안 철수 훈이는 '방송 탄 놈들'이라는 별명을 얻었다.

우리 뉴스에 나왔슈

훈이는 '공 또라이'

훈이는 공을 너무나도 사랑한다. 오죽하면 '공 또라이' 라는 별명이 생겼을 정도다. 그냥 장난감 정도로 생각하는 게 아니라 자기의 분신 또는 꼭 같이 다녀야 하는 단짝친구로 여기는 것 같다. 어렸을 때부터 인형, 공, 터그 등 온갖 잡동사니들을 가지고 놀았는데, 언제부터인가 자기 입에 물고 다닐만한 크기의 공을 무척 좋아하게 되었다. 그래서 훈이와의 놀이시간에는 항상 공놀이를 해야 한다. 훈이는 다른 어떤 놀이보다도 공놀이에 집착한다. 내가 있는 곳에 공을 물어오고는 발 앞에 공을 툭 떨어뜨려 놓는다. 그리고는 꼬리를 팔랑팔랑 흔들면서 내 얼굴과 공을 번갈아 쳐다보며 궁둥이를 씰룩거리고 뒷걸음질친다. 공을 멀리 던져 달라는 신호다. 신기하게도 나는 그 모습이 '이모, 나랑 놀아줘!' 보다는 '내 공이 하늘을 날아다니게 해줘!'라는 뜻으로 느껴진다. 나랑 노는 것이 즐겁다기보다는 공을 가지고 노는 것이 엄청나게 즐거워 보이기 때문이다.

훈이는 내가 공을 던지면 신이 나서 붕방거리다가, 이윽고 멀리 날아가는 공을 향해 달린다. 더 멀리, 더 세게 공을 던질수록 좋아하는 것 같다. 실제로 친구 부부가 우리 집에 놀러 왔을 때 훈이와 공놀이를 한 적이 있는데, 공을 아주 세게 던져 주던 친구 부부를 금방 좋아하게 되었다. 훈이는 마치 '내 공을 이렇게 빠르게 날아가게 하다니, 이 사람들 너무 멋진 걸!'이라는 눈빛으로 친구 부부를 쳐다보았다.

훈이는 공을 입으로 가지고 오는 것을 몇 번 반복하고 나면 푹신한 잔디밭에 공을 두고 뎅굴뎅굴 누워 목덜이에 공을 문지른다. 산책을 하다가 다른 동물의 똥이나 작은 새가 쓰던 둥지를 발견하면 목덜미에 문지르기도 하는데, 냄새가 마음에 들어서 더 많이 맡기 위해 몸에 문지르는 것이라고 한다. 공을 보고 하는 짓이 그때와 똑같다. 눕기 좋은 자리를 찾아 목덜미에 공을 놓고 뒹굴거리는 게 마치 '나는 공이 너무 좋아!'라고 외치는 것 같다. 쉬다가도 산책을 가기 위해 내가 견사 앞에 나타나면 훈이는 '산책 갈 시간인가?!'라는 듯한 신나는 얼굴로 기지개를 쭉 켜고 일어나서 가장 먼저 가지고 놀던 공을 찾는다. 그리고는 공을 입에 물고 내 앞에 와서 공을 툭 떨어뜨린다. 나는 공놀이를 하자는 훈이는 아랑곳하지 않고 내 발치의 공만 쳐다보고 있는 훈이의 목줄을 벗긴 뒤 하네스를 입힌다. 훈이는 공에만 집중하기 때문에 산책 준비를 하기가 수월하다. 철수까지 산책 준비를 마치고 견사 문을 열면 공을 입에 물고 산책을 떠난다. 신기하게도 훈이는 산책하는 내내 까먹지 않고 공을 챙겨 다닌다. 걷다가 궁금한 냄새가 있으면 공을 내려놓고 신나게 킁킁거리다가, 내가 길을 재촉하면 다시 공을 챙겨 물고 가던 길을 간다. 어떤 때는 공을 내려놓은 채로 길을 가버리기도 하지만, 공을 어디에 놔뒀는지 잊지 않고 돌아와서 챙겨 간다. 공을 신경 쓰느라 편하게 뛰고 마음껏 냄새를 맡으며 산책하지 못하는 것 같아, 내가 공을 뺏어서 주머니에 넣고는 '이모가 맡아 줄게~'라고 말하기도 하는데, 훈이는 그때부터 내 주머니에 불룩하게 튀어나와 있는 공에만 집중한다. 그렇게 공을 주머니에 넣고 다니다가 집에 돌아와서 도로 공을 꺼내 주는 것을 몇 번 반복하니, 훈이는 공을 집에 두고 간 날에도 내가 핸드폰을 꺼내거나 주머니에 넣어 둔 물건을 만지작거리면 얼른 쫓아와서 '내 공 거기 있구나! 얼른 줘.'라는 눈빛으로 쳐다보고는 한다. 어쩜 이렇게 공에 대한 집념이 강한지. 너무나 신기하다.

일명 공 또라이인 훈이와 달리 철수는 장난감에 대한 욕심이 없다. 어렸을 때부터 훈이가 공에 대한 욕심이 너무 강한 나머지 철수가 가지고 놀던 공까지 전부 빼앗아 버려서 그런 건지도 모르겠다. 장난감을 건드렸다가는 훈이한테 혼이 나니까 애초에 건드리지 않는 것이 낫다고 생각하는 듯하다. 철수도 옛날에는 장난감도 곧잘 가지고 놀았는데, 지금은 하고 싶어도 안 하는 것 같아 터그 같은 다른 장난감을 가지고 놀도록 해주고 있다. 철수는 터그 놀이를 좋아해서 수건이나 밧줄 장난감을 입에 물면 내가 이리저리 흔들어 당기며 놀아 주는 편이다. 혹시라도 훈이가 철수의 터그 놀이에 끼어들고 싶어하면 얼른 공을 집어 들고 멀리 던진다. 그러면 우리의 공 또라이는 공을 쫓아가느라 정신이 없다. 다행히 공이 있는 훈이는 철수의 장난감에는 큰 욕심이 없는 것 같다. 나는 철수와 터그 놀이를 하면서, 틈틈이 훈이의 공도 멀리멀리 던져 주며 두 아이와 동시에 신나게 노는 법을 터득했다.

이 공 다 내 거!

새싹 이름 도난사건

나는 봄이 되면 여러 가지 예쁜 꽃이나 작물의 씨앗과 모종판, 기름진 흙을 사서 텃밭에 심는다. 새싹이 튼 모종을 모종판에서 튼튼하게 키운 다음 꽃밭이나 텃밭에 옮겨 심으면, 그해에는 내가 원하는 꽃이나 농작물이 커가는 것을 볼 수 있다. 2019년 봄에도 나는 초록이 움틀 무렵 각종 씨앗을 사모아 모종판에 한가득 심었다. 백일홍, 채송화, 꽈리, 목화, 해바라기 등 작고 촘촘한 모종판을 모두 메울 만큼 씨앗의 종류가 많았지만, 무엇이 어떤 식물인지 헷갈릴 걱정은 없었다. 씨앗을 심은 구간마다 이름표를 꽂아 구분할 생각이었기 때문이다. 그렇게 그해 봄은 반나절을 마당에 쪼그려 앉아 모종에 씨앗을 정성스럽게 심는 것으로 시간을 보냈다. 식물의 이름을 쓴 이름표까지 공들여 꽂아 두고, 물도 흠뻑 주었다. 이제 새싹이 돋아날 때까지 꾸준히 물을 주기만 하면 되는 것이었다. 그런데 다음 날, 모종판에 꽂아둔 이름표가 전부 뽑혀 있는 사건이 발생했다! 범인은 바로 아기 훈이었다. 훈이는 내가 씨앗을 심는 내내 하루 종일 모종판 앞에 앉아 나의 일거수일투족을 지켜보았다. 아마도 내가 몰두하고 있으니 훈이도 모종판에 관심을 가졌던 것 같다. 그리고 내가 없는 새에 모종판에 꽂아 둔 이름표를 전부 쏙쏙 뽑아버린 것이다.

내가 이름표가 여기저기 뽑혀 있는 모종판들 앞에서 당황스러운 얼굴로 서있을 때, 훈이는 '나도 재미있었어!'라는 얼굴로 나를 올려다 보았다. 훈이는 너무 귀여웠지만, 이름표 없이 새싹의 모양만으로 식물을 유추할 생각에 무척 난감했었다. 그때 나는 자그마치 400개가 넘는 씨앗을 심었었다. 때가 되어 흙을 뚫고 새싹이 하나 둘 올라오기 시작했다. 나는 새싹의 모양을 보고 종류를 구분하느라 애를 썼다. 대부분의 식물을 구분하는 데는 성공했지만, 하필 해바라기는 서로 다른 세 가지의 종을 심어 새싹의 모양도 비슷비슷했다. 어떻게 대왕 해바라기와 테디베어 해바라기와 키 작은 해바라기를 새싹으로만 구분할 수 있겠는가. 새싹을 사 모을 때까지만 해도 어느 자리에 어느 꽃을 심고, 어디에 무엇을 심을지 머릿속으로 다 계획해 놓았는데, 결국에는 모든 해바라기가 한 곳에 놓인 꽃밭을 완성했다.

범인은 현장을 떠나지 않는다

훈이의 땅속 저장고

　앞서 편식이 없다 말했듯 무엇이든 잘 먹는 철수와 다르게, 훈이는 가끔 먹고 싶지 않은 간식이 있는 것 같다. 철수와 훈이에게 똑같이 간식을 나누어 주면 철수는 간식을 그대로 물고 가 앉은 자리에서 맛있게 먹어 치운다. 그런데 훈이는 간식을 받아서 바로 먹지 않을 때가 있다. 그렇다고 간식을 내버려 두는 것도 아니고, 입에 문 채 초조한 발걸음으로 이곳저곳을 두리번거린다. 처음에 나는 훈이가 왜 저러나 하고 지켜보았는데, 그 작은 녀석이 요리조리 무언가를 찾는 듯한 모습으로 간식을 물고 돌아다니더니 조그만 앞발로 땅을 파기 시작하는 것이다. 야무지게 땅을 파더니, 그 안에 간식을 내려놓고는 헤집어 둔 흙을 코로 다시 밀어 넣어 간식을 묻어 두었다. 간식을 숨겨 두다니, 무슨 생각인지 모르겠지만 너무 귀여웠다. 나는 장난기가 돌아 간식을 묻고 돌아서는 훈이를 향해 다가갔다. "까까 어쨌어?"라고 물어보니 훈이가 당황한 표정을 지었다. 그리고는 간식을 묻은 곳을 슥 쳐다보더니 다시 나를 쳐다봤다. 아무에게도 주지 않으려고 숨겨둔 것 같은데, 어디 있냐고 물어보니 자기도 모르게 간식이 있는 곳을 알려줘 버리는 것이 참 사랑스러웠다. 간식이 있는 곳 앞까지 가서 '여기 까까 왜 숨겼어?'라고 하고 싶었지만 훈이를 위해 그러지 않기로 했다. 훈이가 숨겨둔 간식을 언제 먹을까 궁금했는데, 뜬금없게도 찾아 먹는 것을 목격했다.

훈이가 땅에 묻어 둔 간식을 철수가 모두 까먹어버리거나 그걸 죄다 철수가 먹게 되는 것은 아니었다. 훈이는 묻어 둔 간식을 기억하기는 하고 있는 것 같았다. 한 번은 훈이가 일주일 전에 마당 나무 밑에 묻어 둔 간식을 철수가 찾아낸 적이 있었다. 훈이가 공을 가지고 노는 사이에 철수가 간식을 찾은 것이라, 훈이는 철수가 자기가 묻은 간식을 가져온 것인지는 몰랐다. 공을 가지고 잘 놀던 훈이가, 철수가 갑자기 혼자서 무언가를 먹으니 욕심이 났는지 가까이 다가와서는 철수가 먹고있는 간식을 빤히 쳐다보았다. 그러더니 갑자기 무언가 생각난 듯 뒤돌아서 자기가 간식을 묻었던 나무 밑으로 냉큼 달려가는 것이었다. 나무 밑을 파헤치면서 냄새를 맡으며 간식을 찾는 것 같았다. 자기가 간식을 묻어 두었던 것을 기억하는 것이 분명했다. 나무 밑에 간식이 없다는 사실을 알아챈 훈이는 철수에게 곧바로 달려가서 간식을 빼앗아 왔다. 그리고는 냄새만 자기 몸에 문지른 채 결국 간식은 먹지 않았다. 철수 훈이에게는 다른 간식을 나눠 주고, 땅속에 묻혔었던 오래된 간식은 잘 치웠다.

떡잎부터 욕심쟁이 훈이

진도네컷

#사과수저_철수_훈 #소믈리에 #먹방

5장

시골의 기쁨과 슬픔

태양을 피하는 방법

철수와 훈이를 마당에서 키우다 보니, 계절에 맞게 챙겨야 하는 것이 몇 가지 있다. 가장 많이 신경 쓰는 것은 날씨다. 에어컨이 있는 시원한 여름, 보일러 덕분에 포근한 겨울을 보낼 수 있는 실내견이라면 다르겠지만, 실외견인 철수와 훈이는 변하는 날씨에 맞춰 더워지면 솜털을 벗고, 쌀쌀해지면 다시 빽빽한 솜털을 만들어 스스로 변화하는 날씨에 적응한다. 모든 개가 일제히 같은 때에 털갈이를 하는 것이 아니다. 자신이 느끼는 온도에 맞게 털갈이 시기도 저마다 다르다. 비교적 무난한 봄가을과 달리 무시무시한 한여름의 폭염과 겨울철의 매서운 한파에는 사람의 도움이 필요하기 때문에 준비를 단단히 하는 편이다.

여름에는 충분한 그늘을 만들어 주는 것을 가장 중요하게 여긴다. 철수 훈이는 더운 날씨에 맞게 털갈이를 해서 촘촘한 솜털을 시원하게 벗어내지만, 그래도 털이 몸을 소복하게 감싸고 있는 개들에게 한여름의 더위는 너무나 괴로울 것이다. 여름날 철수와 훈이는 그늘을 나오지 않는다. 신기하게도 개들은 자기가 갈 수 있는 곳 중에 가장 시원한 위치를 찾아내는 것 같다. 나는 아이들이 각자 최선의 자리를 찾을 수 있도록, 더 자유롭게 그늘을 누빌 수 있도록 쉴 수 있는 응달을 늘려 준다. 견사에는 3분의 1 정도의 면적을 차지한 지붕이 있지만, 지붕 아래에는 개집으로 쓰이는 미니 온실이 있기도 해서 더운 날씨에 축 늘어져 있기에는 공간이 부족하다. 그리고 나머지 면적의 모래 바닥은 뙤약볕에 뜨겁게 달구어져 온도가 높아진다. 나는 무더위가 시작될 때쯤 철물점에 가서 가로 3m, 세로 4m짜리 차광막을 하나 사온다. 고작 만 원 정도 하는데도 이 차광막을 견사 위에 쭉 펴서 케이블타이로 고정해 주면 뜨거운 햇빛을 막아 주는 넓은 그늘이 완성된다.

그늘이 생겼어요!

언제든 마실 수 있게 깨끗한 물을 충분히 채워 주는 것도 잊지 않는다. 개들도 더울수록 시원한 물을 더 많이 마신다. 찬 것을 너무 많이 먹어서 탈이 날 정도가 아니라면 얼음을 동동 띄워 주기도 한다.

대리석 매트를 깔아 준 적도 있는데, 철수 훈이는 그늘 밑 모래바닥에 눕는 것보다 더 큰 장점을 느끼지는 못했는지, 오히려 대리석 매트를 피해 다녔다. 내가 느끼기엔 그늘 밑 대리석도 참 시원한데 말이다.

Tip **그늘막**

시골은 주로 철물점에서 파는 고무로 만든 개집을 많이 사용한다. 하지만 개집에 들어가 더위를 식히는 개들을 거의 본 적이 없다. 여름에 햇빛 아래에 방치된 고무 소재의 검은색 개집은 찜질방과 다름 없다. 개집 뿐만 아니라 햇빛 아래 놓인 것들은 전부 달궈진다. 꼭 강아지가 쉬는 곳의 온도를 확인해 보고, 그늘막을 설치하거나 더위를 피할 공간을 마련해 주면 좋겠다.

장마철과 태풍

장마가 시작되면 무더위에 눅눅한 습기까지 더해진다. 나는 습기 때문에 철수 훈이의 피부가 약해지지는 않았는지, 견사에 배수는 잘 되고 있는지 꼼꼼히 확인한다. 또 철수는 피부가 약한 편이라 장마철에 가려움을 많이 탄다. 습한 장마철에는 개집 안에 깔아 준 볏짚에 곰팡이가 필 수 있으니, 볏짚 상태를 자주 확인하고 갈아 주어야 한다.

견사에 배수로를 파두었지만, 장마철 장대비에 지하에서 스며드는 물은 막을 수 없었다. 내 방은 창가에 서면 철수나 훈이가 내는 소리가 들릴 정도로 견사와 가깝다. 어느 날은 밤새도록 예보된 폭우에 견사는 괜찮을까 신경이 쓰여 쉽게 잠들지 못하고 있었다. 그때 훈이가 으르렁거리는 소리가 들렸다. 견사로 가 보니 훈이가 자기 집에 들어와 있는 철수를 보고 짜증을 내고 있는 것이었다(종일 붙어 있는데도 동침만은 싫다는 건지, 둘 다 같은 공간에서 자는 것을 싫어해서 각방을 쓰게 하고 있었다). 철수가 왜 훈이의 집에 들어가 있는지 궁금해서 철수의 집안에 들어가

봤더니, 쏟아지는 폭우에 땅속까지 빗물이 스며들었는지 철수가 평소 누워 자려고 박박 긁어 동그랗게 파 둔 자리에 물이 스며 올라와서 작은 물웅덩이가 고여 있었다. 자다가 물난리를 맞은 철수가 당황해서 훈이의 집에 찾아 들어간 거다. 훈이는 혼자 있고 싶은데 철수가 쳐들어와서 짜증을 내고 있던 것이었다. 하지만 철수는 방이 물에 잠겼기 때문에 돌아갈 수 없었다. 같이 잠좀 자자고 훈이 방으로 들어간 철수나, 화가 난 훈이나 둘 다 귀여웠다. 그 뒤로는 견사 바닥에 플라스틱 깔판을 깔아 바닥을 높여 주었다. 그렇게 하니 땅에서 올라오는 습기나 냉기도 막아 주고, 장마철에 집이 잠기는 일이 없어졌다.

장마철에는 산책도 장비 필수!

태풍이 오고 있다는 일기예보를 들으면 견사 지붕을 천막으로 덮어, 천막 모서리에 연결된 줄을 펜스 기둥에 연결해 꽁꽁 묶어 둔다. 그리고는 하루 일정을 끝낸 철수 훈이를 현관문 안으로 데리고 들어와서 재운다. 원래는 대문 옆에 있는 벽돌로 지은 차고가 철수 훈이의 튼튼한 태풍 대피소였는데, 아빠가 집 주변 공사를 하는 데 걸리적거린다고 차고를 허물어 버렸다. 그래서 철수 훈이는 태풍이 불면 현관문 안에서 잠을 자게 되었다. 영문을 모른 채 제 집을 옆에 놔두고 현관문 안으로 끌려 들어온 철수 훈이는 어리둥절하게 하룻밤을 보낸다. 하지만 겁이 많은 아이들이라 견사 지붕이 바람에 들썩거리면 퍽 무서워할 것 같다. 바람이 정말 심할 때는 견사 지붕이 날아가 버리거나 밑으로 떨어질 수도 있다는 생각에 걱정스럽기도 하다. 그리고 이런 핑계로 철수 훈이를 밤새 가까이서 보는 것도 좋다.

모기, 진드기와의 전쟁

바야흐로 여름은 모기의 계절이다. 여름에 해가 지면 풀숲에 숨어 있던 모기들이 우르르 나타난다. 한두 마리가 아니고 수십 수백 마리는 모여드는 것 같다. 마당에 있는 철수와 훈이는 매일같이 모기들의 공격을 받았다. 여름만 되면 아이들의 콧잔등과 귀 끝, 발꿈치, 발목에 다닥다닥 붙어 있는 모기들을 보면서 소름이 돋을 정도였다. 모기가 기승을 부릴 때면 철수와 훈이도 귓가에서 윙윙거리는 모기 때문에 신경질적으로 변해, 날아다니는 날벌레들은 모조리 입으로 잡아버리려고 한다. 나는 매년 여름마다 각종 모기 퇴치제를 사서 아이들의 몸에 붙는 모기를 막아보았다. 모기가 싫어한다는 계피부터 뿌리는 살충제, 전기 모기채, 모기향 등 모기를 쫓거나 잡을 수 있는 도구는 다 써본 것 같지만 큰 효과는 없었다. 모기떼 속에 철수와 훈이를 그대로 둘 수는 없어서 여러 가지를 궁리해 봐도, 좀처럼 좋은 방법이 떠오르지 않았다.

그런데 지난 2022년 봄, 인스타그램으로 다른 집 강아지들을 구경하다가 어느 실외견을 키우는 분께서 강아지들의 견사를 방충망으로 싹 둘러 준 사진을 보게 되었다. 내가 관심을 보이니 그분은 친절히 방충망 구매 링크까지 보내 주며 정보를 공유해 주었다. 내가 왜 견사를 대형 모기 텐트로 만들어 버릴 생각을 못했을까! 견사를 충분히 빙빙 두를 만한 길이의 방충망만 있다면 모기를 차단하는 것이 가능했다. 가볍고 바람이 그대로 통하는 재질이어서 환기는 되면서 모기만 막아줄 수 있는 방충망이었다. 모기가 들어올 틈이 없도록 케이블타이로 조여가며 꼼꼼하게 견사 전체에 방충망을 두르니, 대형 모기 텐트가 완성되었다. 훈이가 드나드는 견사 문틈까지는 메꾸지 못했지만 대부분의 모기를 막아 주는 훌륭한 모기장이 되었다. 여름마다 모기에 시달리는 철수와 훈이가 안쓰러웠는데, 방충망을 설치하고부터는 철수 훈이의 여름이 조금 더 편안해질 수 있었다.

Tip **모기는 심장사상충 매개체**

모기는 개의 폐동맥에 기생하며 문제를 일으키는 심장사상충을 옮기는 매개체로, 강아지가 모기에 물리는 것을 막아줄 수 없다면 심장사상충 감염 예방을 잘 해주는 것이 중요하다. 구충제를 먹이거나 일 년에 한 번씩 예방주사를 맞춰야 한다.

여름에는 모기만 조심하면 되는 것이 아니다. 산책을 마치고 돌아오면 나는 진드기가 붙어온 것은 아닌지 철수와 훈이의 몸 구석구석을 살펴본다. 아이들의 털에 스멀스멀 기어 다니거나 살에 주둥이를 꽂고 피를 빨아 오동통 살이 오른 진드기를 발견하면 온몸에 소름이 돋는다. 처음에는 두꺼운 장갑을 끼고 요란을 떨며 진드기를 털어냈는데, 이제는 진드기를 발견하면 놓칠세라 얼른 맨손으로 낚아챈다. 살에 콕 박힌 진드기는 좀체 가만히 있지 못하는 철수에게서 뽑아내기가 참 어렵기 때문에 미리미리 진드기를 찾아내려고 하는데, 손으로 털을 한 올 한 올 뒤적거리는 것이 비효율적인 것 같아 넓고 촘촘한 빗으로 빗어 주게 되었다. 철수의 털갈이 시기에 빗질을 하니 있는지도 몰랐던 진드기가 딸려 나오는 것을 보고 쓰게 된 방법이다.

한 번은 철수의 속눈썹이 난 자리에 진드기가 이제 막 빨대를 꽂고 통통해지고 있는 것을 발견했다. 몸에 박혀 있는 진드기는 주둥이까지 깨끗하게 뜯어내야 한다는데, 철수의 눈꺼풀에 붙어 있는 진드기를 무사히 떼어낼 자신이 없었다. 병원에 데리고 가도 얌전히 떼어 내기는 힘들 것 같아 난감해하다가, 언젠가 사 두었던 진드기 기피 목걸이가 생각났다. 진드기 기피 목걸이에는 진드기가 싫어하는 성분이 묻어 있고, 강아지 목에 걸어 주면 그 성분이 피부에 스며들어 진드기가 몸을 무는 것도 꺼려하게 되는 원리로 알고 있다. 진드기 기피 목걸이를 꺼내 철수의 눈꺼풀에 붙은 진드기 위로 스치도록 살살 문지른 다음 산책을 나갔다가 돌아와서 다시 보았는데, 다행히 진드기가 사라지고 없었다. 목걸이에 묻은 약 성분에 반응해서 떨어진 것인지 정확히는 모르겠지만, 무사히 진드기가 떨어져 나가 무척 다행이었다. 그런데 진드기는 참 오묘한 것이, 일 년에 한 마리도 보지 못하는 경우도 있고, 진드기 퇴치 용품을 사용해도 잔뜩 붙어 올 때도 있다. 여전히 진드기에 대한 공포가 있지만, 풀숲에서 만날 진드기가 무섭다고 시골길 산책을 포기하지는 않는다.

Tip 진드기는 바베시아 감염매체

진드기는 바베시아 감염 매개체로, 바베시아충에 감염되면 심각한 빈혈 증상이 나타나며 심하면 죽음에 이를 수 있다. 시골의 반려인 중에 진드기를 간과하는 사람이 많은데, 진드기 역시 구충을 철저히 해야 한다. 바르거나 먹이는 구충약이 있으며, 진드기를 잡을 때는 족집게나 촘촘한 빗을 이용해도 된다.

든든히 겨울나기

　겨울에는 보온에 항상 신경 쓴다. 여름 내내 환기가 잘 되도록 입구를 열어 두었던 아이들 집도 겨울에는 천으로 가림막을 달아 입구로 들어오는 찬바람을 막는다. 바람만 막아 주어도 훨씬 따뜻하고 내부 온도도 잘 유지된다. 처음에는 안 쓰는 이불을 잘라 직접 커튼을 만들어 주었는데, 요즘은 시중에 다양한 디자인의 가림막 커튼이 많이 나와서 견사가 점점 더 예뻐지고 있다.

　개집 바닥에는 볏짚을 구해다가 푹신하게 깔아 준다. 앞서 이야기했지만 볏짚은 보온재로 훌륭한 재료이다. 철수는 사람 냄새가 나는 옷가지나 이불을 깔아 주면 사정없이 이빨로 물어뜯어 놓는데, 볏짚은 푹신하고 따뜻한 침대로 아는 것인지 저지레를 하지 않는다. 볏짚을 두텁게 깔아 주면 앞발로 볏짚 더미를 박박 긁어 모아 다람쥐처럼 자기가 눕기 편한 자리를 만든다. 철수와 훈이의 집은 크기가 꽤 커서 나도 같이 들어가 있는 날도 종종 있는데, 제법 따뜻해서 밤새 아이들이 춥지 않게 잘 수 있을 것 같아 안심하고 나온다.

겨울에는 물그릇의 물이 금방 꽁꽁 얼어버린다. 철수는 물을 아주 많이 마시는 아이라 물을 항상 채워 두어야 하는데, 내가 물그릇을 오랫동안 신경 쓰지 못했을 때는 혀로 얼음을 계속 핥아 구멍을 내서 물을 마신 흔적이 남아 있기도 했다. 그래서 겨울철에는 바람이 들지 않는 가장 구석진 곳에 물그릇을 둔다. 물그릇이 담길 만한 크기의 스티로폼 박스를 구해, 그릇이 쏙 들어갈 정도로 끼워 넣어서 물이 어는 시간을 최대한 늦추는 것도 좋은 방법이다.

Tip　보온 용품

　견사에서 강아지들이 따듯하게 지내도록 도와줄 수 있는 용품은 볏짚부터 전기제품까지 다양하다. 나는 아이들이 내가 지켜보지 못하는 사이 전기선을 물어뜯거나 합선이 되어 사고가 날까 하는 불안함에 전기제품을 배제하고 있지만, 안전하게 설치해 줄 수 있다면 열등이나, 장판 등 전기제품을 사용하는 것도 좋은 방법이다.

귀여운 사진을 남길 목적이 아니고서는 철수 훈이에게 옷을 입히는 것은 한파주의보가 떴을 때나 산책 중에 얼굴이랑 코가 얼 것처럼 심한 추위가 느껴질 때뿐이다. 지나치게 두껍고 소매가 긴 옷보다는 가벼운 조끼만 입혀 줘도 도움이 되는 것 같다. 요즘에는 대형견을 위한 예쁘고 따뜻한 옷들을 많이 판다. 그래서 내 취향에 맞는 철수 훈이의 귀여운 겨울옷이 꽤 많아졌다. 옷을 입히고 겨드랑이나 등에 손을 넣어 보면 엄청 따뜻하다. 그런데 분명 밤에 옷을 입혀 주었건만 다음 날 아침에 보면 철수는 옷을 훌러덩 벗어 놓은 채로 자유의 몸이 되어 있다. 도대체 옷을 어떻게 벗어 던진 것인지 신기할 따름이다.

작년까지만 해도 새하얀 눈밭을 맨발로 마음껏 달리던 철수 훈이였는데, 올해 겨울은 조금 달랐다. 눈이 소복하게 내린 아침 산책길에 훈이가 눈길을 걷더니 갑자기 주저앉아 버리는 것이다. 그러고는 살며시 앞발을 들더니 발바닥을 핥았다. 철수도 한쪽 발을 들고 깨금발로 걸었다. '요 녀석들, 발이 시렵구나! 신발 한 켤레씩 사 줘야겠어!' 도심에서는 제설작업을 위해 뿌리는 염화칼슘 때문에 발을 보호하기 위해 강아지에게 신발을 신기는 일이 많다. 강아지 신발을 검색해 보면 앙증맞은 디자인의 신발을 많이 볼 수 있다. 철수 훈이에게도 신발을 신기면 참 귀엽겠다고 생각했지만, 염화칼슘을 뿌릴 일이 없는 시골길이라 굳이 신발을 신길 필요가 없었는데, 발이 시려서 못 걷겠다고 하니 사 주어야지 어쩌겠는가. 나는 급히 철수 훈이의 발 사이즈를 재고 강아지 신발을 주문했다. 목장갑과 비슷한 소재로 코팅이 되어 있는, 얼핏 보면 때밀이 같기도 한 뭉툭한 신발. 작은 발들을 붙들고 신발 여덟 켤레를 신기는 데 시간이 훌쩍 지나갔다. 처음에는 어색하게 뚱땅거리며 걷는 모습이 귀여웠는데, 금방 적응하고 눈밭을 잘 뛰어다녔다. 차가운 눈밭 따위 맨발로도 거뜬했는데 이제는 발이 시려서 못 걷겠다니. 철수와 훈이도 나이가 들어서 그런 걸까? 조금 슬프다.

낯선 신발에도 금방 적응하는 중

피할 수 없는 존재, 농약

시골의 산책길에는 때마다 살포하는 농약들로 생각보다 다양한 위험이 도사리고 있다. 우리 집 역시 밭에 주기적으로 자라나는 잡초를 제거하기 위해 제초제를 뿌리고, 사과에는 과일을 파먹는 벌레를 잡기 위해 살충제를 뿌리기도 한다. 아빠가 과수나무에 농약을 치는 날이 오면 나는 산책 경로를 바꾼다. 농약을 살포하는 기계로 농장 곳곳에 약물을 흩뿌리기 때문에 산책에 다녀와서는 호스에 물을 틀어 철수 훈이의 다리나 배를 깨끗하게 씻겨 주는데, 갑자기 물벼락을 맞은 아이들은 기겁을 한다. 그래도 반드시 깨끗하게 씻어내야 한다.

밭에 뿌리는 유박비료도 꼭 피해야 한다. 유박비료에는 피마자라는 독성이 있는 식물의 찌꺼기가 들어 있는데 고소한 향과 맛이 나서 강아지들이 주워 먹고 병원에 실려가기도 한다. 시골에 사니 농사를 짓는 가구에는 이장님이 이른 봄이 되면 유박비료나 농약을 나눠 주는 일이 많다. 유박비료가 어떻게 생겼는지 찾아 보면 미리 알고 피하는 데 도움이 된다.

봄철에는 깨끗이 목욕 필수!

두꺼비, 뱀, 그리고 두더지

물가도 없는 산중턱에 위치했지만, 우리 집 마당에서는 개구리나 두꺼비를 생각보다 많이 발견하게 된다. 산책 중에 갑자기 풀 속에서 폴짝 뛰어오르는 개구리를 발견하면 철수 훈이의 눈이 반짝거린다. 호기심을 품고 개구리를 자꾸 건드리거나 쫓아다니는데, 그것이 작은 개구리가 아니라 두꺼비라면 얼른 하던 행동을 멈추게 해야 한다.

두꺼비는 독이 있고, 스스로도 그 점을 잘 이용한다. 철수가 두꺼비를 발견했을 때 두꺼비가 도망가지 않고 오히려 고개를 숙이더니, 엉덩이를 들어 등을 철수의 얼굴을 향해 들이미는 것을 본 적이 있다. 짧고 뚱뚱한 몸으로 도망가는 것은 의미가 없으니 독을 사용하는 것이다. 내가 미처 보지 못한 새에 철수가 두꺼비에게 입을 가져다 댄 적이 있는데, 게거품을 물고 얼굴을 마구 떨어대며 고통스러워했다. 눈도 제대로 못 뜨고 힘들어 하는게 보였다. 얼른 흐르는 깨끗한 물에 여러 번 얼굴을 씻기고 나니 괜찮아졌다. 이후에도 몇 차례 두꺼비를 보면 냅다 돌진하던 철수였는데, 매년 당하더니 다섯 살이 되던 해부터는 두꺼비를 보면 매우 조심스러워하게 되었다. 5년을 당해야 아는 걸까? 철수는 바보 같은 면이 있다.

철수와 다르게 훈이는 두꺼비를 기피한다. 아기 같은 훈이는 험상궂게 생긴 두꺼비가 무서운 것 같았다. 철수는 냅다 달려들어서 걱정인데, 훈이는 두꺼비를 건드리지도 못하고 으르렁거리면서 나한테 두꺼비가 있는 것까지 알려 주니 참 다행이다. 나는 마당에서 두꺼비를 발견하면 장갑 낀 손으로 조심스럽게 움켜쥐고 최대한 먼 곳까지 걸어가 풀어 주고 온다. 두꺼비가 마당으로 다시 돌아오지 못하도록 말이다. 두꺼비는 발견된 곳에서 그다지 멀지 않은 곳에 옮겨 두면 다시금 있던 곳으로 되돌아온다. '두껍아 두껍아 헌 집 줄게 새 집 다오.'라는 노래가 생겨난 게 혹시 자기 집을 알고 지킬 줄 아는 동물이기 때문일까 실없이 생각했다. 노래 가사처럼 집을 줘도 모자랄 판에 살던 집에서 멀리멀리 떨어진 곳에 쫓아내 미안한 마음이 들었지만, 철수 훈이와는 한 곳에 살 수 없기에 두꺼비를 만나면 항상 먼 곳으로 이사를 시켜 준다.

Tip 두꺼비

강아지가 두꺼비를 건드렸을 때는 흐르는 물로 눈, 코, 입을 충분히 닦아 얼굴에 묻은 독성물질을 씻어내 주어야 한다. 그것만으로 괜찮아지는 경우도 있지만 구토를 하거나 중독 반응을 일으킨다면 즉시 병원에 데려가는 것이 좋다.

누나 발만 한 두꺼비

산책길에는 뱀도 자주 보인다. 시골에는 뱀이 많아도 너무 많다. 뱀을 발견했을 때 아이들의 반응은 너무나 다르다. 훈이는 두꺼비에 이어 뱀도 무서워한다. 뱀을 보는 것뿐만 아니라 뱀의 냄새부터 두려워한다. 산책길에 뱀이 벗어 놓은 허물을 발견한 적도 많은데, 겁 없는 나는 장갑 낀 손으로 뱀 허물을 들어 철수 훈이에게 냄새를 맡아보라고 내밀어 본다. 그러면 훈이는 깜짝 놀라 폴짝 뛰어오르면서 도망간다. 어떨 때는 눈도 꾹 감아버린다. 마치 어마어마하게 끔찍한 괴생명체를 본 것처럼 말이다. 산책길에 훈이가 으르렁거리지도 못하고 화들짝 놀라 얼른 자리를 피하는 모습을 보이면 뱀이 있는 경우가 많다. 훈이의 반응을 보면 서둘러 뱀을 피해 돌아가면 된다.

반면에 철수는 타고난 뱀 사냥꾼이다. 철수가 훈이나 나보다 먼저 뱀을 발견했다면 잽싸게 몸을 낮춰서 날아오는 뱀의 잔해에 맞지 않게 조심해야 한다. 철수는 뱀을 보자마자 낚아챈 채로 사정없이 얼굴을 휘둘러 패대기를 치는데, 그 힘에 뱀이 찢겨져서 사방으로 날아가기 때문이다. 날아오는 뱀에 얼굴을 맞아 기절할 뻔한 적이 있다.

Tip **독사 조심**

시골뿐 아니라 때로는 도시에서도 강아지가 뱀에 물리는 경우가 많다. 특히 독사에 물린 경우 빨리 병원에 가야 하는데, 뱀 독 해독제를 가진 동물 병원이 많지 않다고 하니 근처에 뱀에 물렸을 경우 처치가 가능한 병원이 있는지 미리미리 확인해 두어야 한다.

우리 밭에는 두더지도 아주 많다. 철수가 산책길에 냅다 수풀 속으로 뛰어들더니 두더지를 물고 나오거나, 과수원 산책을 하다가 땅 위에 덩그러니 놓여 있는 죽은 두더지를 발견한 적도 많았다. 죽어있는 두더지들은 아마도 고양이가 사냥을 하고 난 후에 그대로 두고 간 듯했다. 철수를 키우기 시작하면서 죽은 두더지만 열댓 마리는 본 것 같다. 그러다 땅속에 사는 두더지가 궁금해져 열심히 검색해 본 적도 있었다. 나는 살아있는 생명체에 대한 호기심과 탐구심이 굉장히 많은 편이다. 어릴 적부터 위인전보다는 파브르 곤충기나 시튼 동물기 같은 책을 주로 읽었다. 책으로 얻은 곤충이나 동물에 대한 호기심은 우리 집 마당을 조금만 둘러보면 해결할 수 있었다. 책 속에 있는 생명들이 마당에서 살고 있었기 때문이다. 집 주변의 산과 들은 좋아하는 동물을 찾을 수 있는 나의 놀이터였다. 책에서 본 것들을 나는 모두 마당과 뒷산에서 찾아냈다. 유년기의 즐거운 기억과 성취감 덕분에 동물과 시골살이를 유독 좋아하는 게 아닐까 싶기도 하다. 그리하여 어느덧 서른이 넘은 나는 아이처럼 샘솟는 두더지에 대한 호기심을 멈출 수 없었다.

두더지에 대해 찾아 보니, 실제로 살아있는 두더지를 만나고 싶어졌다. 매일 산책길에 땅을 내려다보고 걸으며 두더지의 흔적을 찾았다. 두더지가 땅속에서 굴을 파서 움직인 흔적들이 보이기 시작했지만, 두더지는 없었다. 철수 훈이도 텅 빈 두더지굴에는 관심이 없는 것 같았다. 그런데 하루는 철수와 훈이가 땅속

211

에서 무언가를 찾았는지 분주하게 쿵쿵거리면서 움직이기 시작했다. 무슨 냄새가 나는가 보다 생각하고 나도 주변을 두리번거렸다. 아이들의 시선을 따라가 보니 땅속에서 무언가 들썩거리면서 땅을 헤집고 있는 모양새가 보였다. 두더지가 땅속을 돌아다니는 흔적 같았다. 철수 훈이는 냄새로 두더지를 찾느라 바빴고, 나는 두더지가 움직인 흔적을 눈으로 쫓으면서 이 소란의 주인공이 어디 있을까 찾아보았다. 그런데 내 시선이 끝나는 지점에서 흙이 들썩들썩 움직이고 있었다! 아무래도 내가 철수 훈이보다 먼저 두더지를 찾아낸 것 같았다. 철수 훈이는 두더지가 지나온 곳에서 바쁘게 움직이고 있었다. 살아있는 두더지를 발견할 거라는 두근거림과, 내가 먼저 발견하는 덕에 두더지가 철수 훈이에게 사냥되지 않고 무사히 집으로 돌아갈 수 있을 거라는 설렘이 들끓었다. 우선 두더지를 찾느라 바쁜 철수 훈이를 멀리 데리고 가서 두더지가 있는 곳까지 줄이 닿지 않도록 나무 밑에 묶어 두고는 나 혼자 두더지가 있는 곳으로 되돌아왔다. 여전히 땅속에서 꼬물거리며 굴을 파고 있는지, 땅이 들썩거리는 덕분에 금방 두더지를 찾을 수 있었다. 예전에 영희가 두더지를 발견해 못 살게 군 적이 있었다. 그때 내 기억 속에 두더지는 엄청나게 빨랐다. 아마 내가 땅 위에서 기다리고 있는 것을 알면 포착할 수도 없이 빠르게 도망가 놓쳐버릴 것 같았다. 일단, 두더지가 그동안 지나온 길을 무너뜨려서 막아야 쉽게 도망가지 못할 것이다. 두더지가 움직이고 있는 방향 뒤쪽을 발로 꾹 밟아 길을 막고, 조심스럽게 꿈틀거리는 땅을 파서 두더지를 찾았다. 바로 밑에 있을 줄 알았던 두더지는 땅을 꽤나 파헤쳤는데도 보이지 않았다. '벌써 도망간 거야?' 생각하면서 땅을 파고 있는데, 메마른 흙 속에서 갑자기 보드라운 보라색 털뭉치가 나타났다. 두더지가 땅 위의 소란에 다급하게 아래쪽으로 땅을 파며 내려가고 있었던 것이다. 두더지는 땅을 쑥, 쑥, 쑥 파헤치며 땅속에서 수영을 하는 것처럼 헤엄을 쳐 아래로 내려가듯이 숨어들어갔다. 이번에 놓치면 살아 있는 두더지를 언제 다시 볼 수 있을지 모른다는 생각에 나는 두더지를 놓치지 않으려고 두더지보다 더 빨리 흙을 걷어냈다. 결국 땅속으로 사라져가는 두더지를 앞지르는 데 성공했다! 조심스럽게 땅 위로 들어올려 본 두더지는 아주 통통하고, 말랑말랑했다. 앞발은 흙을 파는 데 최적화되어 넙적했고, 땅 속에 살면서 쓰이지 않는 눈은 아주 작았다. 간혹 죽은 두더지를 발견했을 때, 아예 눈이 없는 경우를 본 적도 있었다. 어두운 땅속에서 시각보다는 후각에 의존하다 보니, 코는 돼지 코 같았다. 그저 살아 있는 두더지를 보고 싶었던 것뿐인 나는 잠시 두더지를 관찰하고는 땅 위에 조심스럽게 내려놓았다. 네 발이 땅에 닿은 두더지는 땅속으로 다시 빨려 들어가듯 사라졌다. 멀찍이서 두더지를 붙잡고 싶어 안달이 났던 철수 훈이는 초조하게 낑낑거렸다. 누나만 두더지를 보다니, 아주 약이 오른 것 같았다. 미안하지만 너희들은 사냥할 수 없어. 우리 다같이 구경만 하자.

또 뭘 본 거니?

고라니의 습격

고라니가 귀여운 얼굴에 보송보송한 털을 가진 순한 동물이라는 생각이 180도 바뀐 사건이 있었다. 여느 때처럼 철수 훈이와 산책 중이었는데, 사과나무 사이로 커다란 고라니 한 마리를 발견했다. 고라니를 본 철수와 훈이는 줄을 마구 당기며 쫓아가려고 난리를 피웠다. 나는 리드줄을 바짝 당겨 아이들을 내 몸 가까이 두고 고라니가 도망갈 때까지 제자리에서 움직이지 못하게 했다. 고라니가 얼른 시야에서 사라져야 철수와 훈이도 다시 얌전해지니까 말이다. 고라니는 처음에는 우리를 발견하고 깡충깡충 달려 나무가 우거진 숲속으로 뛰어갔다. 그런데 곧장 도망가지 않고 멀찍이서 우리를 지켜보더니, 우리와 일정한 거리를 두면서 주변을 빙빙 도는 것이었다. 생각지도 못한 고라니의 특이한 행동에, 나도 '쟤가 왜 저럴까' 생각하면서 고라니를 마주 쳐다봤다. 계속 고라니가 주변을 맴도니 철수와 훈이도 흥분한 상태라 리드줄을 잡은 손이 아파오고 있었다. 그렇게 우리 주변을 두 바퀴 정도 빙빙 돌았을까, 갑자기 고라니가 우리 쪽으로 달려

들었다. 나는 당황해서 소리를 지르면서 몸을 움츠렸는데, 그 바람에 짧게 잡은 리드줄이 풀려 철수와 훈이가 고라니 앞으로 뛰어들었다. 결국 고라니가 멀리 도망치면서 짧은 해프닝에 그쳤지만, 아마도 내가 철수 훈이를 꽉 붙잡아 둔 탓에 우리가 움직이지 못한다고 생각하고 공격하려고 했던 것 같다. 나는 고라니가 도망간 틈에 얼른 움직여 철수 훈이를 데리고 집으로 돌아왔다. 귀엽게 생긴 고라니가 그렇게나 과격한 동물이었다니, 다시 생각해 보니 하마터면 고라니한테 걷어차일 뻔했다. 후에 인터넷에서 보았는데, 군복무 중에 숨어 있던 고라니가 갑자기 몸을 들이받아 갈비뼈가 부러진 사람도 있다고 한다. 다음 번에 고라니를 만나면 조심해야겠다고 가슴을 쓸어내렸다.

　고라니와의 만남은 그렇게 끝났다고 생각했는데, 며칠 후 같은 길을 산책하다가 고라니를 다시 만났다. 그때와 다른 고라니인가 긴가민가했는데 며칠 전과 똑같이 우리 주변을 슬금슬금 돌기 시작하는 거다. 아마 이곳이 저 고라니의 구역인 것 같았다. 하지만 이곳은 매년 사과 농사를 짓는 사과밭 한 가운데이고, 농사철마다 일손을 거들어 주시는 동네 할머니 할아버지가 열매를 솎아내거나 가지를 쳐내느라 장시간 가만히 서서 일을 하는 곳이기도 했다. 움직이지 않고 한 자리에 오래 있는 사람을 무서워하지 않고 오히려 달려드는 성격의 고라니라면 언젠가 큰 사고가 일어날 수 있겠다는 걱정이 들었다. 그래서 나는 옆에서 드룽드룽하고 있는 아이들을 이용(?)해 고라니를 쫓아버리기로 결심했다. 고라니가 우리와 충분히 거리를 두고 있을 때, 나는 철수의 목줄을 풀었다. 철수가 기다렸다는 듯이 고라니를 바로 쫓아가기 시작했다. 철수가 달려오니 겁을 먹은 고라니가 숲속으로 도망쳤다. 고라니를 쫓는 길에는 장애물이 많기 때문에 철수는 고라니를 쫓기만 할 뿐 잡을 수는 없었다. 그걸 알고 있으니 철수를 풀어 준 것이기도 했다. 역시나 고라니를 놓친 철수는 금방 내가 있는 곳으로 돌아왔다. 고라니도 사람이나 개를 보면 공격할 기회를 엿보지 않고 얼른 도망가야 한다는 것을 알았기를. 그 뒤로는 우리를 발견하고도 서성이는 고라니는 나타나지 않았다.

충남야생동물구조센터

차고 작업실 정리를 하다가, 멀리 수풀에서 작은 강아지가 서성이는 것을 본 적이 있다. 걷는 모습이나 얼굴 모양, 동그란 귀까지 강아지가 분명해 보였다. 그런데 털이 홀랑 빠지고 하나도 없었다. 병에 걸린 떠돌이 강아지인가 해서 얼른 쫓아가 보았는데, 수풀 속으로 사라져 버려 찾지를 못했다. 검색을 해본 뒤에 내가 본 것이 너구리라는 것을 알았다. 너구리도 개과동물이기 때문에 골격이 강아지와 같다고 한다. 게다가 너구리임을 바로 알 수 있게 해주는 갈색 털이 빠지고 없으니 더욱 강아지로 보였던 것 같다. 개도 아닌 너구리를 도울 방법은 달리 없는 것 같아, 안타까운 마음을 뒤로 한 채 너구리에 대한 기억은 희미해져 갔다.

그 후 가족들과 차를 타고 어딘가로 가고 있었는데, 옆 차선으로 지나가는 차가 눈에 띄었다. 차 옆면에는 '충남야생동물구조센터'라고 적혀 있었다. 야생동물구조센터라니, 그런 기관이 있었던가? 처음 알게 된 기관인 데다가 내가 좋아하는 야생동물들을 관리하는 곳인 것 같다는 생각에 궁금증이 폭발했다. 인터넷에 충남야생동물구조센터를 검색해 보니 다친 야생동물들을 구조하고 치료해 주는 병원 같은 곳이었다. 유명한 프로그램에도 많이 출연해 동물에 관한 소식도 공유하고 있다고 했다. 충남뿐만 아니라 전국의 각 지역에 야생동물구조센터가 있었다. 홈페이지와 블로그를 흥미롭게 읽어보는데, 자원봉사자를 모집한다는 글을 보게 되었다. 그곳에 가서 자원봉사를 하면 야생동물들을 볼 수 있지 않을까 하는 기대가 샘솟았다. 그리고 구조센터에 있게 되면 야생동물을 만났을 때 어떻게 하는 게 가장 좋은 대처 방법인지 배울 수 있지 않을까 싶어 더욱 흥미로웠다. 과수원에서 갑자기 달려들었던 고라니, 아파 보였던 너구리, 유리창으로 날아들어 머리를 부딪혀 죽은 꿩 같은 동물들이 생각났다.

자원활동가 신청서 양식을 다운 받아 자기소개서를 쓰고 메일을 보냈다. 그리고 며칠 뒤에 오리엔테이션에 참가하라는 전화를 받았다! 동물들을 잔뜩 보게 될 거라는 생각에 가슴이 뛰었다.

자원활동가의 주된 업무는 청소였다. 구조센터 안에서 나오는 배설물과 음식 찌꺼기들이 어마어마했다. 그만큼 다친 야생동물이 많았다. 구조센터답게 대부분 아픈 동물들이었다. 구조센터에 가보니 자연에서는 멀리서만 바라볼 수 있었던 황조롱이나 매일같이 보던 까치, 제비, 천연기념물인 수리부엉이, 수달, 실제로는 보지도 못했던 황새, 팔색조, 삵 등 너무나 다양한 야생동물들이 있었다. 구조된 지 며칠 안 된 동물들도 있었고, 회복은 되었지만 자연으로 돌아가기에는 아직 진료가 필요해 3년이 넘도록 머무르는 동물도 있었다. 내가 집 앞에서도 발견했던 너구리는 정말 많았다. 치료받는 너구리들은 내가 보았던 것처럼 대부분 털이 전부 빠져 있었다. 눈앞에서 보니 털이 빠진 것뿐만 아니라 온몸이 두꺼운 딱지로 뒤덮여 있었다. 수의사 선생님에게 왜 이렇게 다 똑같이, 보기 안쓰럽게 아프냐고 물어보니 옴진드기에 걸리면 이렇게 된다고 했다. 너구리들은 야생에서 공동 화장실을 쓴다고 한다. 화장실을 공유하다 보니 같은 질병에 걸릴 확률도 크다는 것이다. 구조센터에 있는 수의사 선생님들과 야생동물재활관리사 선생님들은 질문을 하면 언제든지 친절하게 설명해 주었다. 쉴 새 없이 바빴지만 관심을 가지고 물어보는 것을 기껍게 여겨 성심껏 설명해 주는 듯했다.

Tip 너구리

너구리는 광견병을 옮기는 매개체로도 알려져 있지만, 옴진드기(개선충)을 옮길 확률도 높다. 옴진드기에 걸리면 털이 빠지며, 피부에 딱지가 생기고 간지러움이 심해져서 고통스럽다. 야생동물들은 우리가 알지 못하는 다양한 질병과 기생충을 옮길 수 있으니 섣불리 다가가지 말아야 한다. 그러니 강아지가 너구리와 같은 야생동물을 함부로 쫓거나 공격하지 못하도록 하자. 그리고 도움이 필요한 야생동물을 만나면 지역 야생동물구조센터에 신고하기를 권한다.

열일 중인 누나

야생동물이 구조센터에 오게 되는 이유는 대부분 사람들에 의해 다친 상처 때문이었다. 우리나라는 국토 면적 대비 도로의 면적이 아주 넓은 국가이다. 도로가 많아지면 자동차를 타고 이동하는 사람들은 편리하지만, 야생동물들이 사는 땅은 조각조각 나뉘어 서식지 이동과 먹이활동을 하는 데 큰 제한이 생긴다고 한다. 동물들은 위험하게 도로를 건너다가 사고를 당한다. 소위 말하는 '로드킬'이다. 사람들의 편리함을 위해 많은 자연과 동물들이 희생당하고 있다는 사실이 안타깝고 미안했다.

　건물이나 도로가 생김으로써 서식지가 파괴되거나, 방음벽 등의 구조물이 세워져 유리벽을 미처 보지 못하고 부딪혀 다치거나, 도로에 잘못 들어왔다가 빠져나가지 못해 고립되는 경우도 많다. 사람들이 잠시 혼자 있는 새끼를 보고 어미가 없다고 착각해, 그대로 납치를 당해 미아가 되어 구조센터에 오는 경우도 허다하다. 동물들의 번식기인 여름에 구조센터 봉사활동을 가면 수많은 새끼동물을 볼 수 있다. 구조센터 게시판에는 구조되었거나 방생되었거나 죽은 개체들이 매일 기록되는데, 하루도 빠짐없이 게시판이 야생동물들의 이름으로 꽉 채워졌다.

　몇 번의 계절이 지나는 동안 구조센터에서 자원활동을 하다 보니, 일상에서 야생동물을 발견하는 경우 어떻게 행동하는 게 옳은 것인지에 대해서도 잘 알게 되었다. 야생동물들이 인간의 잘못된 손길을 받지 않도록 이를 사람들에게 알려 주면 좋겠다는 생각이 들었다.

수풀이나 등산로에서 발견한 새끼동물을 도움이 필요하다고 착각하거나 단지 귀엽다는 이유로 그 자리에서 데리고 나오는 경우가 너무나도 많다고 한다. 야생동물구조센터는 자연에서 야생동물이나 그의 새끼를 발견한 경우 주변이 위험한 도로, 공사 현장이거나 동물이 눈으로 확인할 수 있는 정도로 아픈 경우인지 확인하고 그렇지 않으면 그 자리에 내버려 두라고 말한다. 특히 야생동물은 새끼를 풀숲에 숨겨 두고 필요할 때 찾아오며 양육을 하는 경우가 많다. 혼자 있는 새끼동물을 발견한다면 다친 곳이 없는지만 확인하고 자리를 비켜 주는 것이 바람직하다고 한다. 구조센터에 온 새끼동물은 아픈 곳이 없어도 다시 자연으로 돌려보내기 어렵다. 자신을 지켜 줄 어미를 잃어버리게 되었으니 말이다. 그렇게 구조센터에 온 새끼동물들은 넓은 자연이 아니라 센터 내 우리에서 성장기를 보내야 한다. 동물은 자연에서 살아가는 것이 가장 행복한 것임을 생각하고 한 발 멀리서 지켜봐 주는 자세가 필요한 것 같다.

매일같이 구조센터 안에서 청소 위주의 봉사만 하다가, 하루는 흰뺨검둥오리의 방생에 따라가게 됐다. 당시 흰뺨검둥오리의 번식기라서, 구조센터에는 알에서 부화한 지 며칠 안 된 새끼들이 가득했다. 물론 어미로부터 고립되어 구조된 새끼들도 있었는데, 흥미롭게도 그날은 어미를 잃고 구조된 미아들을 새로운 어미에게 입양시켜 함께 방생을 시도한다는 것이었다. 그런 것도 가능하구나 감탄하며 방생하기 적절하다고 판단된 장소에 도착했다. 그냥 풀어주면 끝인 줄 알았는데, 구조센터 선생님들은 오리 가족을 자연에 되돌려 보내는 데 엄청나게 심혈을 기울였다. 물이 흐르는 개울가에 오리 가족이 들어있는 켄넬을 가만히 두고는 오랜 시간 기다렸다. 왜 바로 풀어주지 않냐 물어보니, 갑작스럽게 새로운 장소에 와서 풀어 주면 놀란 어미새가 새끼들을 두고 혼자 날아가 버리는 경우가 있다고 했다. 어미가 차분해지기를 기다렸다가, 방생되어서도 새끼들을 잊지 않고 챙기도록 시간을 주는 것이었다. 40분쯤 기다렸을까, 드디어 멀찍이서 줄을 연결해 두었던 문을 당겨 열었다. 모두들 숨죽이면서 지켜봤는데, 어미 오리가 뒤뚱거리면서 켄넬 밖으로 나오니 새끼오리들이 뒤따라 나왔다. 실제 새끼오리와 입양된 새끼오리들이 뒤섞여서 엄마를 따라갔다. 어미 오리가 새끼들을 전부 챙겨 물길을 따라 내려가자, 보이지 않는 데서 숨죽여 지켜보던 구조센터 선생님들이 일제히 환호했다. 우리는 어미와 새끼가 물길을 따라 잘 이동하는지 조금 더 지켜보았다. 그런데 우거진 물풀 사이로 들어간 새끼오리와 밖으로 나온 새끼오리의 수가 맞지 않는 것이다. 오리 가족의 이동경로마다 서있던 직원들이 새끼오리 숫자를 세어 한 마리가 없는 것을 확인하고는, 신발도 벗지 않고 개천으로 뛰어들어서 물풀을 전부 헤집어 고립된 아이를 찾아냈다. 물웅덩이에서 허우적거리느라 털이 전부 다 젖어버린 채였다. 무리와의 합사도 어려울 것 같아 젖은 몸을 수건으로 감싸고 센터로 데리고 왔다. 직원들은 고립된 새끼오리를 제외한 나머리 오리들이 모두 방생되는 바람에 인큐베이터 안에서 무리 없이 혼자 지내게 되었다며 참 속상해했다. 물에 빠져 죽거나 낙오되어 위험에 처할 뻔한 작은 동물을 물로 뛰어들어가 구해왔으면서도 더 좋은 결과를 가져다 주지 못해 안타까워하는 직원들의 모습을 보면서, 이들이 야생동물들의 생명에 얼마나 진심인지를 느꼈다. 평소에 철수 훈이가 두더지나 쥐 같은 작은 동물들을 발견하고는 갑자기 달려들어 죽게 만드는 경우가 있으면 '갑작스레 일어난 작은 사고니까 어쩔 수 없었어.'라고 생각했던 나를 반성하게 되었다. 그 뒤로는 작은 동물들의 생명도 더욱 소중히 하고 존중하게 되었다. 겨울에 한반도를 찾아오는 수많은 기러기떼들이 논밭에 내려앉아 있는 것을 보면 급하게 날아올라 체력을 소모하지 않도록 조용히 지나가고, 파리 끈끈이에 붙은 새가 회복할 수 있도록 구조센터에 신고해 보냈다. 철수를 풀어 두는 날에는 고라니를 쫓도록 내버려 두는 날이 있었는데, 이제는 그러지 않는다. 내 털복숭이 강아지들이 소중한 만큼 다른 생명들도 모두 소중히 여겨 주어야 한다고 생각하게 되었다.

전국 야생동물구조센터 연락처

야생동물구조센터	연락처
서울	02-880-8659
경기	031-8008-6210~6
경기 북부	031-8030-4451
인천	032-858-9702
강원	033-250-7504
경북	054-840-8250
경남	055-754-9575
전북	063-850-0983
전남	061-749-3898~9
충북	043-249-1455
충남	010-6672-8275
광주	062-613-6650
대전	042-821-7931
부산	051-209-2091
울산	052-256-5322~3
제주	064-752-9982
그 외	폐사체 : 지역번호+120 개, 고양이 등 : 1577-0954 고속도로 내 사고 : 1588-2504

병원 가기 대작전

    견사를 짓기 전, 당시 철수는 의심 많은 성격 때문에 집에 들어가지 않을 뿐만 아니라 차에도 절대 타지 않았다. 평소에는 차를 타고 어딘가 갈 일이 없지만 일 년에 한 번은 동물병원에 가서 건강검진을 해야 했기 때문에 차에 타는 연습이 필요했다. 차문을 전부 활짝 열어 두고, 철수가 좋아하는 간식을 좌석이나 바닥 여기저기에 놓아 둔 채 철수가 몸을 집어넣어 간식을 찾아 먹게 두었다. 철수는 뒷발은 땅바닥에 붙여 두고 있는 힘껏 목을 뺀 채로 먹을 수 있는 간식만 집어 먹었다. 아무래도 차 안에 들어가면 무슨 일이 생길지도 모른다고 생각하는 것 같았다. 차에 올라탄다면 바로 널 병원으로 끌고 갈 예정이었는데, 똑똑한 녀석. 철수는 몸이 전부 들어가야만 먹을 수 있는 거리의 간식은 쉽게 포기했다. 자동차에 올라타는 훈련은 더이상 진전을 보이지 않았고, 철수가 병원에 가야 하는 날은 다가왔다. 자동차에 억지로 밀어 넣기에는 힘으로 이길 자신이 없거니와, 억지로 차에 태워 병원까지 끌고 간다 한들 그 이후가 문제였다. 다시 돌아오는 길에는 도로변에 대 놓은 차에 어떻게 철수를 태워 집으로 데려올 것이며, 낯선 사람을 싫어하는 철수를 수의사 선생님 앞에 곱게 데리고 갈 자신도 없었다. 하는 수 없이 첫 번째 병원 진료는 상상 속의 이상적인 모습과 달리 아빠의 도움을 받게 되었다.

우리의 첫 번째 미션은 철수를 병원 앞까지 데리고 가는 것이었다. 아빠는 잠시 고민하더니 승용차가 아닌 트럭을 끌고 왔다. 그리고는 철수에게 산책 나갈 때 입는 것을 입히라고 했다. 하네스와 리드줄을 하고 철수를 데리고 나오니 아빠가 갑자기 철수를 번쩍 안아 들어 트럭 짐칸에 올려놓았다. 트럭 짐칸에 철수를 태워 병원에 가려는 생각을 한 것이었다. 나도 그 방법을 생각하지 못한 것은 아니지만 다소 오해를 불러 일으킬 만한 모습이라 원치 않았다. 그렇지만 이번 기회가 아니면 병원에 언제 갈 수 있을지 몰라, 아빠를 도와 여분의 리드줄을 가지고 와 철수가 트럭 뒤에서 움직이지 못하게 운전석 뒷면에 붙여 바짝 매어 두었다. 병원으로 가는 중에 철수가 트럭 밖으로 뛰어내리기라도 하면 큰일이었기 때문이다. 철수를 꽁꽁 묶어 두고 나니 트럭 위에 앉아 두 발짝도 못 움직이는 상태였다. 움직일 수 없으니 철수는 그냥 털썩 트럭 위에 앉은 자세로 있었다. 바로 병원으로 출발하려니 역시나 그 모습이 마치 어딘가 안 좋은 곳으로 개를 끌고 가는 모양새였다. 여름에 개를 어찌하려고 데려가는 모습으로 오해 받기 십상이었다. 개장수로는 오해 받고 싶지 않아, 빈 종이

228

박스를 뜯어 매직으로 크게 글자를 썼다.

'병원 가는 중, 오해마슈.'

팔려가는 개가 아님을 어필하기 위해 충청도 사투리를 섞어 귀엽고 투박하게 글씨를 썼다. 큼직하게 문구를 쓴 종이를 철수 머리 위에 붙였다. 뒤따라오는 차들이 볼 수 있게 말이다. 이 정도면 개장수라고 오해하지 않겠지.

병원에 가는 길 내내 철수는 주위를 두리번거렸다. 나는 조수석에 앉아 혹여나 줄이 풀려서 철수가 차에서 뛰어내리는 것은 아닌지 유심히 지켜보았는데, 철수는 신기해하며 지나가는 풍경들을 구경하는 것 같이 보였다. 생각해 보니 철수를 집에 데리고 온 후 처음으로 차를 타고 대문 밖으로 나온 것이었다. 20분쯤 차를 몰아 동물병원에 도착했다. 수의사 선생님에게 미리 전화로 도착을 알려 둔 상태라서, 철수의 성격이 사납다고 예상하고 있던 선생님이 병원 앞에 세워둔 트럭까지 걸어 나왔다. 철수를 병원 안으로 데리고 들어가야하나 생각하는데, 수의사 선생님이 트럭 위에서 진료를 보자고 했다.

"예민한 개는 스트레스를 많이 받으니 자극을 최소화하는 게 좋아요. 안으로 끌고 들어가지 말고 여기서 얼른 진료 보고 집에 갑시다."

진정제 주사를 놓고 철수를 재운 후에 진료를 보기로 했다. 수의사 선생님은 철수의 몸무게를 예상하여 진정제 약물과 주사를 가지고 나왔다. 주사를 놓는 것은 아빠가 했다. 15분쯤 지났을까, 철수가 약 기운에 쏟아지는 잠을 못 이기고는 트럭 바닥에 얼굴을 내려놓고 색색 잠이 들어버렸다. 그 사이 수의사 선생님은 빠르게 철수의 발목에서 피를 뽑아 건강검진을 한 후에 이빨, 귀, 눈 검사를 하고는 예방접종까지 끝냈다(후에 이 방법으로 철수를 재워 중성화 수술을 하고 오기도 했다). 진료를 보고 나니 철수를 꽁꽁 묶어 병원 앞까지 끌고 온 것이 조금 부끄러워졌다. 동네 주민들도 무슨 일인가 구경을 하고 가기도 했다. 수의사 선생님이 민망해하는 나를 보고 이렇게라도 병원에 와서 건강을 챙겨주는 것이 낫다며 위로를 해 주었다.

진료를 보고 집으로 돌아오는데, '언제까지 이 방법으로 철수를 병원에 데려가야만 할까?'라는 고민이 들었다. 과연 철수가 고상하게 승용차에 스스로 올라타서 병원 진료를 받으러 갈 수 있는 날이 올까 싶었지만, 그 이후 꾸준히 훈련하면서 차에 타는 것을 좋은 기억으로 만들어 주기 위해 노력한 결과 마침내 스스럼 없이 차에도 잘 올라타게 되었다! 심지어는 병원 진료실까지도 들어가 진찰을 받을 수 있게 되었다. 수의사 선생님에게 경계심을 늦추지 않아 내가 철수를 안아 들고 철수 엉덩이를 들이대 드리며 진정제 주사를 놓아 진료를 봐야했지만, 트럭에 꽁꽁 묶여 병원 앞까지 끌려갔다가 야외 진료를 본 후에 돌아오던 것에 비하면 장족의 발전이었다.

병원가는중
오해마슈

오해는 사절!

잡히지 않는 강아지

　어느 날 마당에 작은 강아지가 나타났다. 훈이가 수시로 가출할 무렵 훈이의 친구가 되어 주었던, 동네 어느 집 입구에 묶여 살던 조그만 발바리였다. 항상 개를 쇠사슬에 묶어만 두던 집인데, 아마도 목줄이 끊어지거나 풀려서 집을 나오게 된 것 같았다. 훈이는 예전에 만났다는 사실을 기억하는 건지, 친구가 마당에 놀러 와서 좋은 것 같았다. 그런데 철수는 마당에 나타난 낯선 강아지를 좋아하지 않았다. 철수가 혼자 지냈을 때는 어느 강아지든 참 좋아했는데, 훈이와 둘이 살게 되고부터는 다른 개에 대한 경계심이 생긴 것 같았다. 하지만 다행히 심하게 공격을 하는 것은 아니었다. 눈치 없는 작은 강아지가 겁도 없이 견사 문 아래로 비집고 들어가 철수에게 재롱을 피웠다. 철수는 '쪼끄만게 남의 집에 들어와서 귀찮게 왜 이러는 거야.'라는 듯한 반응을 보였다. 가만히 참고 있다가도 부담스럽게 들이대는 강아지를 상대하기 지치면 으르렁거리거나, 그래도 경고를 무시하면 목덜미를 살짝 물면서 힘으로 제압하기도 했다. 강아지는 겁먹어 깨갱거리면서도, 잠시 도망갔다가 다시 돌아와 철수와 훈이 곁을 맴돌았다. 나는 철수 훈이보다는 아랫집 강아지가 더 걱정이 됐다. '저러다가 철수가 정말 화가 나서 다칠 정도로 물면 어떡하지.' 조마조마한 마음에 아랫집으로 내려가 조심스레 말을 꺼냈다.

"이 집 강아지가 줄이 풀려서 저희 집에 자주 오는데요. 저희 개가 이 집 강아지를 물어요. 다칠 것 같아요."

그런데 돌아오는 반응은 시큰둥했다. 개가 어쩌다가 줄이 풀려버렸는데 그 뒤로는 도저히 잡히지가 않는다는 것이다. 그래서 그냥 떠돌게 내버려 두었다는 것이었다. 그 말을 듣는데, 아마도 이분들이 강아지를 다시 데려가기는 어렵겠다는 예감이 들었다. 항상 자동차가 쌩쌩 지나다니는 도로변에 묶여 있던 강아지. 어떻게 밥과 물은 챙겨주었겠지만 나는 단 한 번도 그 강아지가 따뜻한 손길을 받거나, 지나가는 주인을 보고 몸을 일으켜 반가워하는 모습을 본 적이 없었다. 어쩌다가 얻은 자유가 그 강아지에게는 다시는 잃고 싶지 않은 행복이 아닐까 싶었다. 어찌하겠다는 말도 듣지 못한 채 나는 무거운 마음을 안고 집으로 돌아왔다. 마당에서 철수 훈이 주변을 맴돌던 그 강아지는 나를 보자마자 쏜살같이 도망을 갔다. 사람의 손길은 정말이지 원하지 않는 눈치였다. 강아지는 그 뒤로도 몇 번 우리 집을 찾아왔다가 언제부터인가 오지 않게 되었다. 묶여 살던 집으로 돌아간 것도 아니었다. 몇 달이 지난 어느 날 집에서 차를 타고 4~5분은 나와야 하는 곳에서 그 강아지를 다시 발견했다. 얼굴의 무늬가 독특해 금방 알아볼 수 있었다. 살던 집에 돌아가지 않고 이렇게나 멀리 떠돌고 있구나. 몇 주 뒤 그 집의 같은 자리에는 다른 강아지가 생겼다.

나에게는 가장 소중한 존재인 강아지가, 어떤 사람들에게는 그저 집 근처에 누가 오면 짖는 소리를 내서 알려 주는 초인종 같은 존재이거나, 먹고 남긴 음식쓰레기나 처리해 줄 음식물 처리기의 역할이면 되는 존재이기도 하다. 참 열악한 조건 속에서 살면서도 강아지는 쉽게 죽지도 않는다. 제대로 챙김받지 못하고 겨우 배를 채우면서도 끈질기게 살아남는 애틋하고 대견한 생들. 하루 한 번 다정하게 쓰다듬어 주는 손길을 받고, 나긋하게 이름을 불러 주는 소리를 들으며 행복해하기도 어려운 것이 시골개들의 현실인 것 같다는 생각이 들 때면 이루 말할 수 없이 안타깝다.

사람은 필요 없어

어느 볕 좋은 날

영희가 막 우리 집을 찾아왔을 때의 일이다. 영희가 온 곳을 알아내려고 동네 사람들을 만날 때마다 이만한 강아지가 집에 들어왔는데 보신 적이 있는지 물어보며 다니고 있었다. 마침 우리 집 산 아래에 나는 머위 나물을 캐러 마당에 모인 이웃집 할머니에게도 영희를 본 적이 있냐 여쭈어 봤다. 당시에 영희가 하고 있던 목줄을 보면 나이가 있으신 어르신이 키우던 강아지가 아닐까 하는 생각이 들었기 때문이다.

"개 갈 데 없으면 우리 집 줘. 좀 더 크면 잡아먹게."

할머니가 아무렇지 않게 내뱉은 말에, 나는 입을 꾹 다물었다. 더이상 영희에 대한 이야기는 꺼내지 않는 것이 좋을 것 같았다. 기면 기고 말면 말라는 식으로 마당을 돌아다니는 영희를 신경을 쓰지도 않으셨지만, 할머니가 나물을 다 따고 돌아갈 때까지 괜히 영희를 데리고 멀리 산책을 다녀온 기억이 난다.

내가 어렸을 때부터 시골에서는 키우던 개를 잡아먹는 집이 많았다. 뭐 좋은 일이라고, 개를 잡아먹는 날이면 시끌시끌하게 동네 사람들을 불러 모았다.

기억 속 그날도 조용하던 시골 동네가 북적거리는 날이었다.
매일 철수와 나만 지나가던 조용한 시골길에 어르신들이 어슬렁
거리며 어느 집 주변에 모여있었다. 그 집 뒤로는 철수 정도 덩
치가 되는 하얀 백구 한 마리가 풀린 채 신나게 집 주변을 돌아
다니고 있었다. 그 풍경을 보고 나는 단 번에 알았다.

'개를 잡아먹는 날이구나.'

마지막이 언제였을지 모르는 자유를 누리는 백구가, 주인으로
보이는 아저씨 곁을 맴돌았다.

'도망가야 하는데.'

잠시 개에게 마지막 만찬과 같은 자유를 주고는 준비가 되면
개를 잡을 것이다. 나는 한가롭게 자유를 누리는 백구를 초조하
게 보고 있었다. 그런데 식사 준비가 되는 동안 동네를 어슬렁거
리던 한 할아버지가 나와 철수를 발견하고 가까이 다가왔다.

"개, 좋네."

철수를 지긋이 쳐다보시던 입에서 나온 말이었다. 그 말이 철
수의 털이 깨끗하고 윤이 나서라거나, 얼굴이 잘생겨서, 또는 몸
에 걸친 산책 용품이 폼이 나서 하는 말은 아니라는 느낌을 받았
다. 나는 당장 몸을 돌려 철수를 잡아 끌고 도망치듯이 그 길을
빠져나왔다. 좋다는 말이 참 무섭게 들려왔다. 그 와중에 우리
집이 어딘지는 모르게 하고 싶어서 집의 반대방향으로 한참을
돌아갔다. 집으로 돌아가려면 걸어온 길을 다시 지나쳐야 했다.

237

3~40분쯤 지난 후 다시 돌아온 그곳 주변은 참 조용했다. 집 주변을 뛰던 백구도 보이지 않았다. 밖을 돌아다니던 사람들도 보이지 않았다. 원래 조용했던 동네가 그날은 더욱 고요하게 느껴졌다. 급하게 자리에서 도망치고 난 후에 부끄러움도 몰려왔다. 그 뒤로는 그 집 앞을 지나는 산책을 피하게 되었다. 아예 경로를 바꿔 집들이 있는 동네가 아니라 과수원으로 산책을 다니게 되었다. 나는 그날의 기억을 애써 외면하려 했었던 것 같다. 그 일이 있고 일 년쯤 지났을까, 아빠의 오랜 친구가 집에 방문했다. 마실 물을 가져다 드리는데, 마당에 있던 철수에 관한 이야기를 시작되었다. 어른들이 개에 대해 하는 말은 똑같다. 관심없이 흘려 듣고 있는데, 아저씨가 말했다.

"요즘에는 개 키우기 힘들어. 키우는 것도 잘못 잡아 먹었다가는 골치 아파진대잖아. 그럴 거면 안 키우는 게 나아." 시골 토박이 아저씨가 그런 말을 하다니. 개를 키워 잡아먹는 사람들의 인식이 바뀌고 있는 걸까? 변하지 않을 안타까운 현실이라고 단정 짓고 외면했던 그날의 백구가 떠올랐다.

훈이네컷

#투명한게_문제면_더럽히개 #츤데레 #화가지망생

6장

과수원집 손님들

꽃집 강아지 머루
무지무지 귀여운 무지
하숙견 진돌이
주워 온 덕선이
스트리트 고양이 솔저

꽃집 강아지 머루

내가 친근하게 아저씨라고 부르는, 아빠의 친한 친구가 교통사고를 당한 적이 있다. 아저씨는 앞서 말한 꽃집을 하는 분이었는데, 매일 집에서 꽃집으로 함께 출퇴근하고 시간마다 산책을 하는 머루라는 강아지가 있었다. 내가 보기에 머루는 시골에서 보기 드물게 '반려견'으로 살아가는 복 받은 녀석이었다. 당시 아저씨는 전신의 뼈가 골절되는 큰 사고를 당했기 때문에 아주머니가 모든 일을 멈추고 병원에서 아저씨 곁을 지켜야 했다. 아주머니는 엄마와도 친한 친구 사이였기에, 사고에 대한 이야기를 실시간으로 전해 들으면서 온 가족이 다같이 걱정하고 있었다. 그 와중에 나는 머루가 가장 염려되었다. 그럼 머루는 어떻게 하고 있냐는 나의 질문에, 엄마는 아주머니에게 머루의 안부를 물었다.

"뭘 어째. 집에 잠깐 들릴 때 밥만 챙겨 주지. 엄청 답답할 거야 요즘."

걱정 섞인 아주머니의 대답에 나는 슬쩍 엄마에게 "그럼 우리가 며칠 봐줄까? 맨날 산책하던 앤데, 집에만 있으면 얼마나 답답하겠어."라고 말을 꺼냈다. 집에 강아지를 끌어들이는 일이라면 별로 좋아하지 않는 엄마도 꽃집에 놀러갈 때마다 보았던 머루가 안쓰러웠는지, 아주머니께 머루를 우리 집에 데리고 와서 봐주어도 괜찮은지 물었다. 아주머니는 미안해서 어떻게 그런 일을 부탁을 하냐고 거절하면서도, 머루의 하루 일과를 책임져 줄 사람이 나타났다는 것에 안도하는 듯했다. 나는 머루를 잘 돌봐주겠다고 아주머니를 설득했고, 허락을 받은 뒤 머루를 집으로 데리고 왔다.

머루가 철수와 훈이의 견사에서 함께 지낼 수는 없었다. 예상했지만 철수가 머루를 엄청나게 싫어했다. 훈이와 한 가족이 되고부터는 중성화하지 않은 수컷에 대한 경계심이 살벌하리만큼 심했다. 그래서 같은 마당에 있었지만 철수와 머루는 철저하게 격리되었다. 머루를 위해 집 앞에 있는 차고에 잠자리를 마련해 주었다. 가르치지 않았는데 누울 자리를 만들어 주니 알아서 잘 쉬었다. 갑자기 낯선 곳으로 데리고 왔지만 울거나 불안해하는 모습은 보이지 않았다. 아마 그동안 머루를 자주 만나서 낯익은 나의 손길에 안심하는 것 같았다. 철수가 견사에 있는 동안에 머루는 마당에 나와 쉬고, 머루가 차고에 들어가 있는 동안은 철수가 마당에 나와 교대로 자유시간을 가졌다. 개 한 마리를 더 챙기게 된 나만큼 훈이도 매우 바빴다. 철수의 일정과 머루의 일정 모두 소화해야 했기 때문이다. 훈이는 머루의 등장에 굉장히 들

243

뜬 듯했다. 머루를 아주 마음에 들어했던 것 같다. 저러다가 머루가 귀찮아서 화내는 게 아닐까 싶을 만큼 머루 옆에 찰싹 붙어 다녔다. 툭하면 머루 입에 주둥이를 들이밀어 냄새를 맡고 머루가 가는 앞길을 막고 벌러덩 드러누워 애교를 부렸다. 심지어 머루가 산책 중에 응가를 하려고 동그랗게 몸을 말고 자세를 잡는 틈에 머루의 몸에 올라타 마운팅을 했다. 머루는 훈이를 굉장히 귀찮아 했지만, 귀찮은 티를 내는 정도로만 성질을 내고 그 이상의 싸움이나 공격은 하지 않았다. 그치만 머루가 말을 할 줄 알았다면 "어우 이 지겨운 놈!"이라고 백 번은 말했을 것이다.

다행히 머루의 성격이 좋고 나를 잘 따라 주어서 개 한 마리를 더 살피는 일도 그렇게 힘들지는 않았다. 오히려 함께 산책하고 돌보는 데는 철수보다 머루가 더 수월했다. 며칠 뒤 아저씨의 건강이 많이 회복되어, 머루는 집으로 돌아갔다. 생각해 보면 제때 산책을 시키고 밥을 챙겨 주고, 훈이가 귀찮으리만큼 애정표현을 한 것 말고는 해 준 것이 없었다. 그런데 머루에게는 그때 돌보아 준 것이 참 좋은 기억이었는지, 그 뒤에 만났을 때 이전과 달리 나를 엄청나게 반겨 주었다. '조금 더 잘해 줄 수 있었을 걸.'하고 미안한 마음이 들 지경이었다. 꽃집에 엄마가 나타나면 또 누가 안 오나 하는 눈빛으로 뒤를 쳐다본다고 한다. 귀엽고 착한 머루. 다음에는 그냥 우리 집에 놀러 오렴. 귀찮은 훈이도 머루를 기다리고 있어.

머루와 훈이의 달리기 시합

무지무지 귀여운 무지

2019년 5월이었다. 어느 늦은 밤 잠을 자고 있는데, 창문 밖에서 어느 강아지가 깽깽거리는 소리가 들렸다. 얼른 옷을 갈아입고 소리가 나는 쪽으로 다가가 보았다. 어디서 강아지가 우는 소리가 나나 이곳저곳을 저벅거리면서 깜깜한 마당을 돌아다니는데, 내 발소리에 또다시 놀란 듯한 강아지 비명소리가 들려와 소리의 주인공이 있는 곳을 찾아냈다. 조명을 비춰 보니 주먹 두 개를 합친 것 같은 크기의 작은 아기 강아지가 있었다. 어떻게 들어갔는지 잘 쓰지 않는 도구들을 쌓아둔 틈에 몸을 숨기고 있었다. 이렇게 작은 강아지가 이 늦은 시간에 여기 혼자 있다니! 우리 집은 주변에 가까운 이웃집이 없기 때문에 강아지가 이런 곳에 있다는 사실이 어리둥절했다. 일단 동네가 떠나가라 울어대는 강아지를 꺼내 진정시켜보려고 손을 뻗었는데, 째끄만 녀석이 앙칼지게 내 손을 물려고 이빨을 딱딱거리면서 강하게 저항했다. 지금 생각해 보면 콩알만 한 강아지가 물어 봤자 얼마나 아프겠냐 싶은데, 그때는 꼬맹이의 기세에 기가 눌려 소방용 장갑을 끼고 녀석을 끄집어냈었다. 자세히 보니 더 앙증맞고 귀여운 아기 강아지였다. 늦은 시간에 집을 찾아 줄 수 없어 노란색 플라스틱 상자에 강아지를 넣어 두고 강아지가 먹을 물과 밥을 챙겨 주고는 잠을 자러 들어갔다.

지난밤의 소동을 기억하며 아침 일찍 눈을 떠 강아지가 있는 창고로 달려갔다. 그런데 상자 안에는 빈 밥그릇만 있을 뿐 어제의 그 작은 강아지가 온데 간데 없는 것이다. 당황하며 온갖 잡동사니가 쌓인 넓은 창고 안에서 강아지를 찾아다녔다. 어젯밤처럼 동네가 떠나가라 울던 울음소리도 들리지가 않았다. 이러다 영영 못 찾는 것이 아닌가 걱정하던 찰나에, 책꽂이 뒤에 숨어서 머리를 벽에 콕 박고 웅크리고 있던 작은 꼬랑지를 발견했다. 여러 번의 실랑이 끝에 또다시 장갑을 끼고 녀석을 끄집어냈다. 보송보송 솜털이 가득한 귀여운 바둑이 강아지였다. 이빨을 보니 유치가 난 지 얼마 안 된 아주 어린 강아지 같았다. 뽈뽈뽈 기어서 마실을 나왔다기에는 너무나 어려 보이는데, 어쩌다 여기까지 오게 된 것일까. 고민하던 것도 잠시, 일단 강아지를 데리고 있으면서 원래 있던 곳을 찾아 주거나, 새로 키워 줄 사람들을 찾아 줘야 한다는 생각이 들었다. 우선 짧은 시간 안에 간파한 결과 이 작은 강아지는 어딘가로 숨어버리는 것을 굉장히 잘한다. 한 눈을 팔면 또 강아지를 잃어버릴 수도 있었다. 아빠에게 잠시 강아지를 맡겨 놓고 동네 철물점으로 가 딸랑거리는 방울 목걸이와 목줄, 작은 개집을 사왔다. 그런데, 이 녀석이 또

안 보이는 것이다. 아빠에게 강아지가 어디 있냐고 물었더니 마당에 있단다. 얌전히 있는 것 같아 마당에 두고 집안으로 들어왔다는 것이었다. 이 녀석이 어딜 간 거야. 한참을 마당 이곳저곳으로 찾아다녀도 강아지가 보이지 않았다. 또 어딘가로 가 버렸나, 걱정을 하고 있는데 집 뒤쪽에서 바스락거리는 소리가 들려왔다. 얼른 뒤로 돌아가 보았다가 벽돌을 쌓아둔 좁은 틈새에 숨어 있는 녀석과 눈이 마주쳤다. 꼬맹이는 나랑 눈이 마주치는 것만으로도 무서웠는지 월알앙알알 뭐라뭐라 울음 섞인 소리로 열심히 짖어 댔다. 분명 나를 위협하는 소리인데, 너무 귀여웠다. 씨익 웃으며 성큼 강아지에게 다가가려는데 내가 한 발짝을 떼자마자 깜짝 놀란 강아지가 뒤로 놀라 자빠지면서 또 통곡을 해 댔다. '정말로 겁이 많은 녀석이군.' 나는 조심스럽게 발걸음을 떼며 구석에 숨어있는 강아지를 끄집어내 방울 목걸이를 채워주고, 어딘가로 사라지지 못하게 개집과 목줄을 연결해 두었다. 개집 안에는 폭신한 이불을 깔아 주었다. 나를 너무 싫어하는 것 같아 잠시 지켜보다가, 안정을 찾은 것 같아 보일 때 혼자만의 시간을 갖도록 자리를 비켜 주었다.

전날 새벽부터 있었던 소동에 잠이 부족해 조금 쉰 뒤에 강아지가 잘 있나 나와 보았는데, 멀리서 강아지가 걷는 모습이 이상해 보였다. 다가가 보았더니 목걸이에 한 쪽 발을 끼워 넣어 사람으로 치면 크로스백을 맨 것 같은 불편한 자세로 있었다. 제일 작은 사이즈의 목줄을 사와서 걸어 준 것인데, 강아지가 너무도 작아 목줄에 발 한쪽이 들어가 버린 것이다. 조심스럽게 목줄을 빼주려고 손을 뻗었는데, 강하게 저항할 것만 같았던 강아지가 발라당 배를 보이며 무기력하게 몸을 맡기고 누워 버렸다. 그리고는 작은 꼬랑지를 팔랑거리는 것이다! 몇 번 보았다고 그새 친근하게 느껴졌나 보다. 정말 사랑스러웠다. 집에 오가는 우편 집배원과 택배 기사님께 수소문해 보니 이런 강아지를 키우는 집은 보지 못했다고 했다. 영희 생각이 났다. 아마도 이 강아지가 온 집을 찾는 건 어려운 일이겠지. 그렇다면 서둘러서 강아지를 키워 줄 사람을 찾아 주어야겠다고 생각했다. 전날밤의 소동부터 창고를 뒤져 강아지를 찾아낸 일까지, SNS에 어디서 나타났는지 모르는 강아지 소식을 이미 올려둔 상태였다. 갑자기 나타난 강아지의 소식에 여러 사람이 관심을 가져 주고 있었다. 사진을 예쁘게 찍어 올리면 강아지를 데려가 키우고 싶다는 사람이 나타날지도 몰랐다. 목에 방울을 단 꼬맹이는 이틀을 더 데리고 있다가 서둘러서 키워 줄 사람을 찾았다. 입양을 어떻게 보내야 하는지도 몰라, 그냥 자기소개서를 진솔하게 써달라고 했다. 여러 명에게서 입양 신청서가 왔다. 그중에도 마지막 날에 온 입양 신청서 메일을 받고는 참 다행이라는 생각이 들었다. 신기하게도 꼬맹이의 사진을 올리면서 유독 관심이 가는 댓글이 하나 있었다. '우리 모래랑 너무 닮았어요.'라는 내용이었다. 궁금한 마음이 들어 아이디를 클릭해 계정을 둘러 보았더니 꼬맹이와 닮은 얼굴을 한 강아지 사진이 수두룩했다. 몸이 아파 세상을 떠난 것 같았지만, 살아있는 동안 사랑을 많이 받았다는 느낌을 받았다. 강아지와의 추억을 기록한 인스타그램을 훑어 내려가면서 문득 이 가족이 꼬맹이를 키우고 싶다고 하면 좋겠다고 생각했던 것 같다. '이런 집에 가면 오래오래 사랑받을 수 있겠구나.'라고 생각했는데, 정말로 입양 신청서를 보낸 것이었다. 감사하게도 입양 신청서에 작성해 준 자기소개서에는 내가 대학 시절 영혼을 끌어 모아 작성했던 자기소개서처럼 모든 것이 자세하게 들어 있었다. 별다른 질문이 필요하지 않을 정도로 구체적이라 곧바로 연락을 해서 집 주소를 가르쳐 주며 언제 강아지를 데리러 오실 수 있는지를 물었던 기억이 난다. 강아지를 데리러 오신 그날, 철수 훈이의 선물을 양손 가득 들고는 첫 장거리 운전이라고 떨면서 말씀하시던 것이 인상적이었다. 꼬맹이는 마당에서 새로운 가족들과 어색한 첫 인사를 나누고 우리 집을 떠났다. 꼬맹이는 무지무지 귀엽다는 이유로 무지라는 이름을 얻게 되었고, 행복하게 잘 지내고 있다. 나는 가끔 일산에 반려견 관련 박람회에 가는데 그때마다 무지의 가족분들이 무지를 데리고 와 반가운 얼굴을 보여 주신다.

꽃보다 작았던 무지

하숙견 진돌이

 하루는 아침에 잠을 자고 있는데, 아빠가 내 방으로 들어오더니 "철수가 마당에 뛰어다니네?"라고 하는 거다. 견사에 들어가 있어야 할 녀석이 마당을 뛰어다니고 있다는 소리에 용수철처럼 벌떡 뛰어올라 마당으로 나갔다. 얼굴도 크고 덩치도 커다란 백구가 마당을 여유롭게 돌아다니고 있었다. 철수랑 많이 닮았지만 철수는 아니었다. 견사 쪽으로 고개를 돌려보니 낯선 진돗개 한 마리의 등장에 철수와 훈이가 난리가 난 상태였다. 갑자기 찾아온 손님이 어떤 성격인지 몰라 조금 불안했지만, 조심스럽게 "멍멍아~"라고 불러 보았다. 그랬더니 귀를 뒤로 젖히고 꼬리를 살랑살랑 흔들면서 다가와서 내 배에 앞발을 턱 올리고 애교를 부리는 것이었다. 이렇게나 순하고 착한 멍멍이라니. 목줄을 하고 있었지만 보호자의 전화번호나 집 주소는 알 수 없었다. 목줄에 리드줄을 채워 마당에 있는 벤치에 녀석을 묶어 두었다. 동네 산책을 그만두고 과수원으로 산책을 다닌 지 한참 되었기 때문에 본 적도 없는 얼굴이었다. 잠시 집을 나온 개일 수도 있어 내버려 두면 자기 집으로 돌아갈지도 몰랐다. 그렇지만 '곧바로 집에 돌아가지 않고 온 동네를 다 돌아다니면 어쩌지?' '이렇게 크고 순한 개가 시골길을 돌아다니다가 나쁜 사람 손에 붙들리면 어쩌지?'라는 걱정이 들었다. 여전히 시골 동네에는 개를 키워 잡아먹는 집들이 있었다. 성격이 좋은 건지 내 손에 너무나 쉽게 붙잡히고 애교도 부릴 줄 아는 사랑스러운 녀석이라서, 나는 이대로 다시 덩치 큰 순둥이를 풀어 줄 결정을 하지 못했다. 철수와는 거리를 두고 당분간 우리 집 마당에 머물게 하면서 개를 찾아다니는 사람이 나타나면 그때 돌려보내 주어도 되었지만, 당시 나는 바로 이틀 뒤에 훈이와의 여행을 준비하고 숙소까지 예약해 둔 상태였다. 철수와 훈이의 케어도 한 번 맡기지 않았던 가족들에게 갑자기 나타난 떠돌이 개를 돌봐 달라고 할 수도 없는 노릇이었다. 일단 녀석을 차고 안에 묶어 두고 물과 밥을 주었다. 냄새를 맡고 킁킁거리는가 싶더니 곧잘 먹었다. 잠시 쉬었다가, 녀석을 끌고 동네 한 바퀴를 돌며 개를 잃어버린 집이 없는지 조심스레 묻고 다녔다. 그리고 이 녀석이 자기 집을 보면 반응하지 않을까 싶어 가고 싶은 곳으로 가게 해 보았는데, 집을 찾아가려고 하는 것 같지는 않았다. 결국 녀석을 데리고 다시 집으로 돌아왔다. 그 사이 날이 어두워져서 차고에 잠자리를 깔아 두고 재웠다. 녀석의 가족이 애타게 찾고 있을지도 몰랐다. 시골에는 종종 개를 잃어버리고 집집마다 찾으러 돌아다니는 사람들도 있다. 하지만 하루가 지나도 개를 찾아오는 사람은 없었다.

나는 다음 날 아침이면 1박 2일 일정으로 집을 비우게 된다. 초조한 고민 끝에 안락사를 시행하지 않는 유기견 보호센터에 전화를 걸어서 집에 진돗개 한 마리가 나타났는데 동네를 돌아다니도록 내버려 두기에는 위험하고, 나는 내일부터 돌봐 줄 수 없는 상태라고 신고를 했다. 곧 보호소에서 직원이 왔고, 녀석의 목덜미나 몸 곳곳에 인식칩이 있지는 않은지 스캐너로 몸 구석구석을 훑었지만 인식칩이 몸에 심어져 있지는 않았다. 개를 찾는 사람이 나타나면 꼭 연락하겠노라 이야기하고 녀석을 보호소로 가는 차에 태워 보냈다. 보호소 차량에는 켄넬이 준비되어 있었지만, 녀석은 억지로 밀어 넣을 필요 없이 자동차에 폴짝 올라타고는 해맑게 떠났다. 훈이와의 첫 여행을 즐겁게 준비했는데, 무거운 마음으로 집을 나서게 되었다.

여행하는 내내 틈 날 때마다 유기견 보호센터 홈페이지를 확인해보았다. SNS에도 개를 잃어버린 사람이 있는지 글을 올려둔 상태였다. 그렇게 어영부영 여행 첫째 날 해가 저물었는데, SNS을 켜 보니 메시지가 여러 개 와 있었다. 우리 집에서 멀지 않은 곳에 사는 분이 보낸 다급한 메시지였다. 강아지 주인을 찾는다는 글을 보았는데, 그 사람의 이웃집에서 집을 나간 개를 찾아 돌아다니고 있어서 내가 올린 사진을 보여 주니 그 집 개가 맞다는 것이었다! 유기견 보호센터로 보낸 것도 확인한 상태여서 내일 센터 문을 열자마자 녀석을 데리러 가겠다고 주소까지 확인하고 돌아갔다는 연락이었다. 역시 버려진 유기견이나 떠돌이 개가 아니었구나 안도하는 동시에, 이렇게 가족이 애타게 찾고 있는 녀석을 보호센터에 보내 버리다니 미안한 마음이 들었다. 연락을 받고 나서야 비로소 여행을 마음 편히 즐길 수 있는 여유가 생겼다. 야식을 먹고 있는데 녀석의 가족이라는 분께서 SNS로 메시지를 보내왔다. 녀석의 이름은 진돌이라고 했다. 집 나간 진돌이를 돌봐 주고 걱정해 주어서 고맙다는 내용이었다. 내가 고맙다는 인사를 받아도 되나 싶었지만, 진돌이라는 이름까지 알려 주며 연락해 준 분들에게 감사했다. 죄책감이 들어 진돌이가 너무 순하고 착한 아이라 나쁜 사람을 만나게 되면 험한 일을 당할 걱정에 붙잡아 두게 되었다고 사과하며 변명을 하기도 했다. 다음 날 아침이 되니 진돌이의 가족들이 찾아와 진돌이를 데리고 갔다고 보호센터에서도 연락이 왔다. 갑자기 마당에 나타난 진돌이와의 만남은 그렇게 마무리되는 듯했다.

그로부터 몇 달이 지났다. 집으로 잘 돌아간 진돌이에 대한 기억은 점차 잊혀져 갔다. 그런데 늦은 새벽에 철수와 훈이가 심하게 짖어대기 시작했다. 무슨 일이 있는가 싶어 얼른 옷을 입고 나가보았다. 마당에 조명을 켜 보니 마당에 하얗고 큰 진돗개 한 마리가 돌아다니고 있었다. 철수만큼 큰 얼굴, 커다란 덩치, 두툼한 꼬리를 보고 진돌이가 또 집을 나왔다는 사실을 알아챌 수 있었다.

"진돌아!"

반가운 마음에 진돌이 이름을 부르니 나를 보고 반갑다는 듯이 한달음에 달려와 앞발을 내 몸에 턱 걸치고 일어서서 애교를 부렸다. 몇 달 전에 고작 하루 만났을 뿐인데, 나를 기억하고 반가워하는 것이 분명해 보여 더욱 사랑스러웠다. 진돌이 목줄에는 기다란 와이어 줄이 대롱대롱 걸려 있었다. 내가 철수 훈이에게 길쭉한 와이어 줄을 만들어 목줄을 해 준 것처럼, 진돌이도 마당을 넓게 쓰도록 가족들이 직접 목줄을 만들어 준 모양이었다. 그 긴 줄을 하고서 여기까지 오다니. 진돌이네 집과의 거리를 생각하며, 줄이 풀리자 우리 집으로 총총거리며 왔을 녀석이 귀여워 웃음이 났다. 밤새 킁킁거리며 돌아다녔을 녀석이 목이 마를 것 같아 우유를 한 사발 대접하고는 조심스럽게 긴 줄을 붙잡아 벤치에 묶어 두었다. 철수 훈이가 밤중에 짖었다가 조용해지기를 여러 번 반복했던 것을 보면 우리 집 마당에 들어와서는 곳곳을 돌아다니고 떠나지는 않았던 것 같다. 이 녀석에게 우리 집에 와서 머물렀던 하루가 나쁘지 않은 기억이었던 모양이었다. 다행이다. 몇 개월 전에 너를 만나 보호소로 보내게 되어 정말 미안했거든. 진돌이를 쓰다듬으며 그때는 미안했다고 사과했다. 벤치에 자리 잡고 쉬는 녀석을 잠시 지켜보다가 SNS를 켜서 일전에 받았던 진돌이 가족의 메시지를 찾았다. 새벽 2~3시쯤 되는 시간이었지만, 조심스럽게 메시지를 보냈다. '진돌이가 우리 집에 왔어요. 메시지를 보시면 연락주세요.' 내 연락처도 함께 남겨 두었다. 내일 아침에야 답장이 오지 않을까, 진돌이를 처음 재웠던 차고는 자주 쓰이는 일이 없어 허물어버린 상태라 녀석을 재울 곳이 마땅치 않았다. 어디서 재워야 하나 고민하고 있는데, 진돌이 가족에게서 금방 답장이 왔다.

'밤에 줄을 끊고 집을 나간 것 같아요! 아버지가 데리러 가고 있어요!'

늦은 시간에 빠르게 온 응답이 얼마나 반가웠는지 모른다. 얼마 되지 않아 승용차 한 대가 다급하게 마당 안으로 들어왔다. 아저씨 한 분이 차에서 내리며 진돌이를 보고 정이 가득한 말투로 호통을 치셨다.

"아이고 진돌이 이놈의 자식…!"

아저씨를 보고는 너무 반가웠는지, 진돌이가 신이 나서는 차 뒷문이 열리자마자 담요가 깔려있는 뒷좌석에 냉큼 올라탔다. 늦은 시간인 만큼 짧은 인사를 나누었다. 짧은 이야기를 나누는 동안 역시 가족들의 관심과 사랑을 많이 받는 아이구나 생각했다. 해맑은 진돌이는 데리러 온 진돌이 아버지의 차를 타고 집으로 돌아갔다. 그 뒤로도 진돌이는 두 번 더 찾아왔다. 그때마다 진돌이 가족들께 연락을 드렸고, 곧바로 진돌이를 찾으러 오셔서는 '너 이 녀석!'이라고 호통을 치고는 데리고 가셨다. 가족들에게는 미안한 이야기지만 가끔 찾아와 마당에서 신나게 놀다가 반갑게 인사해 주는 진돌이가 참 좋다. 잊을만 하면 또 안전히 우리 집 마당으로 놀러 와주면 좋겠다.

진돌아, 어디서 머드팩을 했어?

주워 온 덕선이

우리 동네에는 내가 자주 가는 맛있는 칼국수 집이 있다. 그날도 칼국수가 먹고 싶어서 부모님과 함께 점심을 먹으러 동네에 들어섰는데, 식당 앞 골목에 위치한 방앗간을 지나던 도중 꾀죄죄한 작은 강아지가 도로변에 앉아 있는 것이 눈에 띄었다. '방앗간에서 강아지를 키우나 보네. 꾀죄죄하지만 귀엽다.'라고 생각하고는 칼국수를 맛있게 먹고 나왔다. 식당에서 아빠의 지인을 만나 동석하여 식사를 마치고 함께 나온 차였다. 인사를 나누고 몸을 돌려 차를 타고 가려는데, 아까 그 강아지가 식당 앞에 덩그러니 혼자 앉아 있는 것이었다.

"저놈 불쌍한 놈이여."

아빠의 지인은 아는 강아지라는 듯이 강아지를 보자마자 말을 이어 갔다.

"동네에 갑자기 나타난 지 일주일은 되었는데, 키우는 사람도 없고 어미개도 없어. 아직 어린 강아지 같은데, 그저께는 내가 우리 카페로 데리고 가서 먹을 것 좀 줘 볼랬는데 요 앞까지 따라오더니 내가 다가가니까 휙 도망가 버려."

　누군가 키우는 강아지인 줄 알았는데, 이제 막 젖을 뗀 듯한 강아지가 일주일이 넘게 혼자 다니고 있다니. 멀찍이서 강아지를 보고 있는데 식당 사장님이 나오다가 강아지를 보고는 또 이야기했다.

"손을 안 타서 붙잡지도 못해. 자꾸 도망 다녀."

　아무나 좋다고 쫓아다니는 강아지라면 누구라도 도움을 주었을 텐데, 사람을 피해 도망 다니는 강아지라니 안쓰러운 마음이 더욱 강해졌다.

"주인이 없으면 제가 데리고 가서 키울 사람을 찾아 줘도 될까요?"

　한겨울에 사람 손도 타지 않는 강아지를 두고는 발길이 떨어지지 않았다. 언제라도 강아지를 찾는 주인이 나타나면 나에게 연락이 오겠지. 동네 사람들에게 강아지를 데려가겠다 이야기하고 강아지를 잡아 보려고 했다. 가까이 다가가니 슬슬 거리를 두는 강아지를 조심스레 따라가 거리를 좁혔다. 강아지는 내가 어느 정도 이상 가까이 다가가면 도망을 가버렸다. 나는 인내심을 갖고 기다리면서 강아지 옆에 쪼그려 앉아 몸을 낮추고, 강아지가 경계심을 풀기를 기다렸다. 그리고는 손을 내밀어 손가락을 꼼지락거리며 다정하게 불렀더니, 강아지도 내가 많이 무섭지만 그래도 용기를 내고 싶은 듯 안쓰러운 목소리로 끙끙거렸다. 조금 더 기다리니 강아지가 조금씩 나에게 가까이 다가왔다. 손이 닿을 거리까지 다가온 강아지를 살살 쓰다듬어 경계심을 풀어 주다가 조심스럽게 안아 올렸다. 무기력하게 들어 올려진 강아지가 품에 가만히 안겨 왔다. 어린 강아지들에게서만 느껴지는 말랑하고 폭신폭신한 감촉이었다. 집으로 가는 내내 강아지는 아무 소리도 내지 않고 내 팔을 꼭 잡은 채 눈을 멀뚱멀뚱 뜨고 안겨 있었다. 집으로 데리고 와서 따뜻한 우유를 한 그릇 주었더니 금새 먹어 치웠다. 배불리 먹인 후 다시 강아지의 몸을 살펴보았다. 삐죽삐죽한 유치가 나 있었고, 발이 두툼하고 통통했다. 다 자라면 덩치가 꽤 클 것 같았다. 털이 복슬복슬한 여자아이였다. 마른 수풀 속을 돌아다녔는지 온갖 풀씨가 잔뜩 붙어 털이 엉켜 있었다. 강아지를 품에 안아 들고 털에 감겨 있는 도꼬마리, 도깨비풀 같은 풀씨를 떼주는 데 시간이 한참 걸렸다. 강아지는 저항 없이 가만히 안겨 있더니 눈을 끔벅거리다가 금새 품 안에서 잠이 들어 버렸다. 추운 날씨에 길바닥에 있다가 따뜻한 방 안에 들어오니 잠이 쏟아지는 것 같았다. 풀씨를 다 떼어 주고, 화장실로 데리고 들어가 따뜻한 물로 목욕을 시키고는 강아지 먼저 거실로 내보냈다. 털을 말린 수건을 욕실 입구에 두고 욕실 청소를 하고 나가보니, 강아지는 푹신한 수건을 침대 삼아 그 위에서 쿨쿨 자고 있었다. 마치 고속도로 휴게소에서 파는 잠자는 강아지 인형이 달린 방향제 같았다.

일단 집에 데리고 오긴 했지만 강아지를 어디서 재워야 할지 가족들의 눈치를 봐야 했다. 이 추운 겨울에 새끼강아지를 밖에서 재우고 싶지 않았다. 부모님의 반응을 보니 작고 꼬물거리는 귀여운 녀석이 집에 나타난 것에 관심을 가지는 듯했다. 아직은 강아지가 말썽을 피우지도 않고 얌전하게 잠만 자고 있으니 싫어하는 기색도 없는 것 같았다. 그리고 이미 동물을 좋아하는 아빠는 강아지에게 푹 빠진 듯했다. 부모님에게 며칠 안으로 꼭 강아지 키울 사람을 찾아 보낼 테니, 집 안에서 따뜻하게 지내면서 영상을 찍어 올려 입양 홍보를 할 수 있게 해달라고 부탁드렸다. 부모님은 강아지를 꼭 입양 보내라고 당부하고는 강아지의 실내 입성을 허락해 주었다. 강아지가 작고 조용한 덕분도 있었지만, 그동안 내가 철수 훈이와 여행을 다닐 때 집 안에서 잠을 재운다는 이야기를 들으면서 개가 안에서 지내는 것에 대한 거부감도 많이 줄어든 것 같았다. 덕분에 이 강아지는 이전에 우리 집 마당에 들렀던 강아지들과는 다르게, 실내에서 함께 생활할 수 있게 되었다. 오랜 시간 철수와 훈이를 돌보고, 여행도 다니며 실내에도 개를 들여 본 나를 믿어 주는 것 같아 기분이 좋았다. 강아지의 얼굴을 빤히 쳐다보면서 이름을 생각했다. 덕선이. 포실포실 마구 헝클어진 털에 삐딱한 눈빛을 보니 덕선이라는 이름이 떠올랐다. 내 머리로는 세련된 이름을 짓는 것은 불가능한가 보다. 그치만 굉장히 잘 어울리는 이름 같아 만족스러웠다. 그렇게 주워 온 덕선이 입양 보내기 프로젝트가 시작되었다.

인형 같은 덕선이

첫날 덕선이는 계속 잠만 잤다. 별것 없이 쿨쿨 잠만 잤기 때문에 나는 잠깐 지켜보는 것 말고는 할 일이 없었다. 그런데 아무리 기다려도 집 안에서 대소변을 보지 않았다. 마렵지가 않은 건지 참는 건지는 모르겠지만, 철수를 데려오고 화장실 문지기를 하느라 밤을 꼴딱 샜던 기억이 났다. 이번에는 실내에서 오래 지내게 되었으니 배변 훈련을 해보기로 했다. 강아지 용품점에 가서 배변 패드와 덕선이가 가지고 놀만한 장난감, 이제 막 이빨이 난 강아지가 먹을 사료를 사서 집으로 왔다. 그리고는 집안 곳곳에 배변패드를 장판처럼 깔아 두었다. 하지만 저녁이 되어서도 이 쪼끄만 녀석은 오줌 한 방울도 눌 생각이 없어 보였다. 슬슬 나의 인내심은 초조함으로 바뀌었다. 저 어린 것이 오줌을 오래 참아서 방광에 탈이라도 나면 어떡하지 걱정이 들기 시작할 때쯤, 거실에서 놀던 덕선이가 내 방에 들어가더니 오줌을 누고는 가벼운 발걸음으로 나왔다. 자주 가지 않은 낯선 곳을 화장실로 삼은 모양이었다. 배변 패드에 볼일을 보는 것은 실패했지만 실내에서 배변을 한다는 사실에 안도하고, 나는 덕선이를 방에 들여놓고 잠을 잤다. 덕선이를 바닥에 두고 나는 침대 위에서 자니 자기도 침대 위로 올라오겠다고 낑낑거렸지만, 나와 너무 붙어 있게 하는 것도 좋지 않을 것 같아 바닥에서 자게 내버려 두었다. 덕선이는 조금 낑낑거리더니 포기한 듯 이불을 깔아둔 자리에 올라가서 잠을 잤다.

다음 날 아침 철수와 훈이의 밥을 챙겨 주러 나가는 길에 덕선이도 바람을 쐬게 해줄 겸 마당에 데리고 나갔다. 그런데 마당에 내려놓기가 무섭게 똥을 연달아 세 번을 누는 것이었다. 이 녀석 뱃속에 똥이 꽉 찼는데 밤새 참았다니, 고집이 보통 센 게 아닌 것이 분명했다. 다음 날부터는 우선 덕선이가 어디 아픈 곳은 없는지 건강상태를 체크해야 했다. 근처 동물병원에 가서 전염병 검사를 하고, 나이가 대강 어느 정도인지 수의사 선생님께 확인을 받았다. 태어난 지 두세 달 정도 된 강아지 같다고, 아주 크게 자랄 것 같다고 했다. 예상은 했지만 덕선이가 대형견으로 자랄 수도 있다고 하니 나는 내심 걱정이 되었다. 대형견은 입양을 가기가 쉽지 않다. 키우다가도 감당이 안 된다는 이유로 무책임하게 파양하는 사람도 적지 않다. 덕선이를 잘 키워 줄 사람을 찾는 것이 생각보다 어려워질 수 있을 것 같다는 생각이 들었다.

덕선이는 병원에서 먹인 구충제 덕에 그날 저녁부터 회충이 섞인 똥을 이틀 동안 누었다. 회충이 섞인 똥을 치우면서, 엄마가 이것을 못 봐서 정말 다행이라고 안도했다. 회충이 나오는 것을 빼고는 아주 건강한 것을 확인하고 예방접종도 시작했다. 첫날은 잠만 자는 터라 힘이 없고 시무룩한 얌전한 강아지인 줄 알았는데, 다음 날부터는 이 작은 것이 어디서 기운이 솟는지 엄청나게 뛰어다녔다. 내가 속은 건가 싶을 정도로 첫날과는 전혀 다른 모습이었다. 첫날의 덕선이는 얼굴도 동그랗고 눈도 작고, 몸도 곰인형처럼 통통했는데, 시간이 지날수록 눈도 커지고 허리가 잘록해져 몸에 굴곡이라는 것이 생겼다. 그 모습을 보면서 아마도 처음 보았던 모습은 몸에 부기가 쌓여 있던 게 아니었을까 하는 생각이 들었다. 덕선이는 회복하니 여느 강아지들처럼 똥꼬발랄했다. 애교도 많아져서 가족들을 쫄랑쫄랑 쫓아다녔다. 애정표현을 뾰족한 이빨로 콱 깨무는 방식으로 해서 당황스럽고 아팠지만, 나를 포함한 가족들은 모두 그냥 귀여워하는 것 같았다. 내 예상보다도 강아지를 예뻐하고 전보다 더 화목해진 집안 분위기에 부모님도 강아지에 대한 생각이 많이 바뀐 것 같았다. 철수를 데려올 때만 해도 이렇게 집안에서 강아지를 며칠 동안이나 데리고 잘 수 있을 것이라고는 생각하지 못했기 때문이다.

집안 분위기까지 바꾸고 있는 귀여운 덕선이를 보면서도 나는 덕선이를 키우지 않을 것이라는 생각은 확고했다. 누군가 덕선이의 가족이 된다면, 이렇게 어릴 적 귀엽고 사랑스러운 모습 또한 당연히 가족들이 봐야 한다는 생각뿐이었다. 그래서 블로그에 내가 그동안 지켜보고 파악한 덕선이의 자기소개서를 진지하게 작성했다. 덕선이를 만나게 된 이야기, 덕선이의 건강 상태, 병원 진료받은 내용들, 앞으로 아주 많이 클지도 모른다는 이야기까지. 그리고 앞으로 15년은 족히 강아지와 함께할 계획을 가진 사람들이 신중하게 신청서를 작성하도록 당부했다. 덕선이를 데려왔을 때부터 곧바로 인스타그램에 덕선이의 이야기를 게시하고 있었는데, 동글동글 귀여운 덕선이의 반응은 폭발적이었다. 누가 봐도 사랑스러운 강아지인 것은 틀림없었다. 그렇지만 인기에 비해 입양 신청은 그리 많지 않았다. 입양 신청서를 받기로 한 기간이 끝나갈 때쯤 네 가구의 가족들이 입양신청서를 보내주었다. 선택지가 넷뿐이었기 때문에 나는 초조해졌다. '이중에 내가 덕선이를 보낼 수 있는 가정이 없다면 어떡하지?'라는 걱정이 들었다. 떨리는 마음으로 입양 신청서 파일을 열어 하나 하나 읽어 보았다. 다행히도 입양 신청서를 보내온 사람들 모두 강아지를 키우고 싶은 신중한 마음을 충분히 담아 주었다. 덕선이의 자기소개서에 나의 진심을 먼저 담은 것이 효과가 있었던 걸까? 모두 강아지를 키우면 좋을 것 같은 가족들이라 안도가 되었다. 덕선이의 가족이 될 후보들은 아주 호화로운 마당이 있는 주택에 살고있는 가족, 강아지에 대한 책임감을 가지고 자녀들에게도 생명의 소중함과 책임감을 가르치고 있는 가족, 덕선이에게 많은 시간을 할애해 줄 수 있는 가족들이었다. 이 사람들 중 덕선이의 가족이 될 사람을 선택하는 것은 나의 역할이었다. 모두 다른 좋은 조건들을 가진 가족들이라 나는 더욱 신중히 고민했다. 결정하기에 앞서, 나는 덕선이가 어떤 새 견생을 살기를 바라는지 생각해 보았다. 길을 잃고 추운 겨울에 무서움에 떨며 혼자 떠돌던 작은 강아지. 나는 덕선이가 또다시 혼자가 되는 일 없이 남은 견생을 살아가기를 가장 바라고 있었다. 그러기 위해 덕선이가 외톨이가 되지 않도록 덕선이를 인생의 우선순위 중 가장 위에 놓고 아껴 줄 사람은 누구일지 생각해보고 결정했던 것 같다. 유명한 반려견 훈련사 겸 수의사 설채현 선생님이 방송에 나와서 했던 말이 머릿속을 맴돌았다. "인생의 3순위 안에 강아지를 둘 수 없다면 키우지 말라." 나는 가장 적합하게 느껴지는 분들을 선택했고, 덕선이는 새로운 가족을 찾아갔다. 덕선이가 새로운 가족의 소중한 공주님이 되기를 바란다.

행복해, 덕선아

스트리트 고양이 솔저

　우리 집 마당은 철수 훈이의 공간이었지만, 다른 동물들도 종종 오갔다. 철수가 있기 전부터 우리 집 주변의 산에는 고양이가 자주 보였다. 사실 나는 고양이들에게는 신경 쓰지 않았었다. 고양이를 싫어하는 철수가 있는 상황에서 산책길에 갑자기 등장하는 고양이는 골칫거리였다. 고양이를 보고 이성을 잃어버린 철수를 진정시키느라 애를 먹기 일쑤였다. 나도 고양이에게 큰 관심을 보이지 않았지만, 고양이들도 나의 존재에 대해 그다지 신경을 쓰지 않고 자기 삶을 살아가는 것 같았다. 그러던 어느 날, 마당 한구석에서 못 보던 고양이 한 마리를 발견했다. 다 큰 성묘로 보이는 고등어냥이었다. 그 고양이는 햇볕을 쬐며 잔디 위에 웅크리고 잠을 자고 있었다. 보통의 산고양이들은 사람을 보면 잠을 자다가도 호다닥 도망가기 바빴는데, 그 고양이는 내 발소리를 듣고도 가만히 웅크리고 있었던 것이다. 어디가 아픈 건가 싶어 다섯 발 정도 거리를 둔 곳에서 꿇어앉아 녀석을 살펴보려는데, 내가 자세를 낮추니 갑자기 그 고양이 녀석이 일어나더니 다가와서 얼굴을 부벼 댔다. 어디서 만난 적이 있던가 싶을 정도로 말이다. 이렇게 친화적인 고양이라니, 누군가 이 고양이를 키우다 유기한 게 아닌가 하는 생각도 들었다. 하지만 정확히 알 수는 없었다. 친화력 좋은 고양이는 가만히 곁을 맴돌더니 또 유유히 걸어 사라져 버렸다. 도도한 생명체인 줄만 알았던 고양이가 내게 얼굴을 부비작거렸다는 사실에 가슴 한구석이 묘하게 간지럽고 기분이 좋았다. 그 뒤로도 마당에 자주 나타나는 그 고양이는 계속 내 곁을 따라다녔다.

그 전까지 고양이에 대한 기억은 별로 없었다. 나는 성인이 되어 서울에서 살기 전까지는 고양이는 산짐승 정도로만 생각했다. 반려동물로서의 고양이보다 산이나 시골 동네를 배회하는 야생고양이만을 봐왔기 때문이다. 고양이를 키우는 친구의 집에 가도, 고양이는 강아지처럼 살갑거나 애교가 넘치지 않고 혼자 있기를 좋아하는 고독하고 무뚝뚝한 동물이라고 생각했다. 그래서 고양이는 그저 빤히 바라만 보게 되던 동물이었는데, 그 녀석을 생각하니 배가 고프지는 않을까, 물을 잘 마시고 다니는 걸까 걱정이 되기 시작했다. 시내에 있는 강아지 용품점으로 가서 함께 비치되어 있던 고양이 사료를 한 포대 사두고는 녀석이 올 때마다 작은 접시에 사료를 쏟아 주며 물과 밥을 챙겨 주기 시작했다. '이게 바로 다들 말하는 고양이의 매력인가?'라는 생각이 들었다. 녀석은 고등어무늬를 한 코리안쇼츠헤어 종의 고양이었다. 신기하게도 양발에 대칭으로 있어야 할 것 같은 회색 줄무늬

271

가 한쪽 발에만 있었다. 그래서 마치 한쪽 팔에만 멋진 토시를 낀 것 같았다. 그 모습이 영화 〈어벤져스〉에 나오는 윈터솔저라는 등장인물 같기도 했다. 한쪽 팔에만 금속 팔을 하고 있는 캐릭터 말이다. 그래서 자연스럽게 '솔저'라는 멋있는 이름이 생겼다. 밥까지 챙겨주게 되니 솔저는 거의 매일같이 우리 집 마당을 찾아왔다. 잠은 어디서 자는지 알 수 없었다. 그렇지만 아침이 되어 밖에 나가보면 마당 어딘가를 거닐고 있다가 내 인기척에 '냐앙' 소리를 내며 꼬리를 꼿꼿하게 세우고 총총걸음으로 나에게 다가왔다. 그리고 내 몸에 쿵 하고 머리를 박고는 부비작거렸다. 이게 고양이에게는 '만나서 반가워.'라는 인사란다. 그러고서는 한참을 잔디밭에 뒹굴면서 햇살을 즐기고, 낮잠도 자고 애교도 부리기도 하다가 어딘가로 사라지고 다시 나타나기를 반복했다. 나와 친해지니 마당 전체가 솔저의 구역이 된 것 같았다. 솔저는 무척 귀여웠지만, 철수 훈이가 산책을 할 때 드나들어야 하는 길목까지 막아 서기도 했다. 훈이는 조금 짖다가도 솔저의 기에 눌려 슬슬 자리를 피하고는 했는데, 철수는 고양이를 너무너무 싫어했다. 철수를 보고도 무서워하기는커녕 일부러 약을 올리기라도 하는 듯 가까운 거리에서 어슬렁거리는 솔저의 모습에, 철수는 더욱 화가 나 있었다. 철수와의 아슬아슬한 마당 쟁탈전이 매일같이 벌어져 난감했다. 철수는 고양이를 실제로 물어버릴 수도 있었다. 그동안 강아지가 아닌 다른 동물들에게는 자비가 없는 듯한 모습을 종종 보였다. 고양이에게도 마찬가지

일 것 같았다. 마당 전체가 철수 훈이의 것이었는데, 솔저가 마당을 어슬렁거리며 돌아다니니 개와 고양이의 공간을 나누고 서로 침범하지 않도록 해야겠다고 생각했다. 우리 집 마당은 집을 중심으로 양쪽으로 나뉘어져 있다. 그래서 견사가 있는 쪽의 마당은 철수 훈이가 자주 시간을 보내는 개의 공간, 반대쪽 마당은 솔저를 비롯한 고양이들이 와서 밥도 먹고 물도 마시는 고양이의 공간이 되었다. 철수와 훈이는 건너편 마당에 밥을 먹으러 등장하는 고양이들을 보고 흥분했지만, 줄에 묶여 있어 고양이에게 다가가지는 못했다. 나는 솔저를 포함한 고양이들이 반대편 마당으로 건너오면 단호하게 내쫓았다. 철수와 훈이도 고양이의 마당에는 지나가지 않게 빙 돌아갔다. 그렇게 몇 주를 지내니 고양이들이 건너편 마당을 드나드는 일이 거의 줄어들었다. 그렇게 우리 집 마당에서 개와 고양이 사이에 약간의 규칙이 생겼다.

솔저는 동네 여기저기를 휘젓고 다니는 싸움꾼인 듯 했다. 항상 어딘가에 상처가 나있었다. 귀 끝에 피가 나거나 뺨이 긁혀 손톱자국이 나 있기도 했다. 아마도 다른 수컷 고양이와 격렬한 영역 싸움을 하는 모양이었다. 어느 날은 피를 뚝뚝 흘리면서 나타나서는 태연하게 누워 털을 핥는 것이었다. 보다못해 거즈에 소독약을 잔뜩 적혀 상처 부위에 톡톡 찍어주는데, 녀석은 내가 약을 바르든 말든 별로 신경을 쓰지 않았다. 철수가 상처가 생겨 소독약을 바르려고 하면 이리저리 도망을 다니고 몸부림을 치느라 매일이 몸싸움이었는데, 이렇게나 얌전히 약을 바르도록 내버려 두는 녀석이라니 너무너무 신기했다. 그리고 솔저는 항상 진득한 눈곱을 달고 다녔다. 눈병이 아닐까 싶은 정도로 눈에서 고름같은 진득한 분비물이 흘렀다. 약도 쉽게 바르도록 하는 고양이니, 녀석의 건강을 조금 더 관리해 줄 수 있을 것 같았다. 나는 병원에 가서 약을 타왔다. 먹는 가루약은 츄르를 섞어 주니 쉽게 먹어 치웠고, 안약은 두 앞발을 잡고 상체를 들어올려 움직이지 못하게 한 후에 눈에 한 방울씩 넣어 줬다. 잠시 약을 먹이느라 괴롭히고 난 후에는 트릿이나 간식을 보상으로 주었다. 매일 인사하고, 밥을 챙겨 주고, 약까지 발라 주니 하루라도 솔저가 나타나지 않으면 걱정이 되었다. 오늘도 약을 발라야 되는데, 좋아하는 츄르 사다 놨는데, 이 녀석 왜 안 올까. 하루를 걱정시키고는 저 멀리 대문을 통해 여유롭게 총총 들어오는 녀석을 "야옹~" 하고 부르면 솔저도 "냐아옹~" 하고 대답하고는 꼬리를 하늘로 꼿꼿하게 치켜 올리고는 했다.

그러던 어느 날 SNS로 신기한 메시지가 한 통 들어왔다. 우리 집에서 멀리 떨어지지 않은 곳에 살고 있는 이웃이었다. 우리 집에서 그리 멀지 않은 그분의 집에서 솔저를 꾸준히 돌봐 주고 있었는데, 어느 날부터 나타나지 않길래 죽은 것이 아닐까 걱정하고 있었다는 것이다. 그런데 SNS에 뜬 솔저의 사진을 보고는 곧바로 같은 녀석이라는 것을 알아보고 반가운 마음에 나에게 메시지를 보낸 것이었다. 그리고 사진을 한 장 보내 주었는데, 사진 속의 고양이는 분명 솔저가 맞았다. 게다가 집안 서랍장 위에 태연하게 올라앉은 모습이었다. 그분의 집에서는 여닫이 문을 직접 열고 드나들었다고 한다! 그 집뿐만 아니라 그분의 이웃집 사람들과도 아주 친했던 녀석이라고 했다. 이 녀석 아주 능청스러운 아이였구나. 동네를 전부 자기 안방 삼아 살아가는 고양이였다는 사실에, 솔저가 얼마 전 버림을 받은 것이 아니라 그저 붙임성 좋은 녀석인 것 같아 안도했다. 이곳저곳을 자유롭게 다니다가, 지금은 우리 집 마당이 마음에 들어 자주 왕래하고 있는 상태인 것 같았다.

그런데 이 녀석은 이웃들의 극진한 대접을 받는 몸인 것과는 다르게 항상 건강이 좋지 않았다. 눈병의 상태가 심각해지거나, 어디선가 다른 고양이와 싸우고 나타나 상처를 매일 같이 달고 다녔다. 나는 솔저를 이동장에 넣고 고양이 동물병원에도 다녀온 적이 있었다. 이동장에 스스로 들어가고, 진료실에 안아서 진료를 볼 정도로 솔저는 아주 순둥이였다. 그러다가도, 마당에서 궁둥이를 툭툭 쳐주거나 빗질을 해주면 고롱고롱 기분 좋은 소리를 내며 눈을 지긋이 감고 있다가 갑자기 내 팔을 확 할퀴어 버리고는 했다. 이 녀석의 기분을 어떻게 맞춰 줘야 하는지 몰라 난감했다. 도무지 알 수 없는 녀석이었지만, 거의 일 년 동안 꾸준히 찾아오는 솔저에게 나는 진득한 애정이 생겼다. 나도 모르는 사이에 녀석을 많이 아끼고 있었다. 그런데 솔저와의 일상이 자연스러워질 때쯤, 솔저의 발길이 뜸해지기 시작했다. 마당에 나타나지 않는 날이 하루, 이틀로 늘어나다가 일주일 만에 나타나는 날도 있었다. 나는 그 사이에 어디 가서 사고를 당했거나, 영역싸움에서 지는 바람에 마당에 영영 못 오는 신세가 된 것이 아닌가 가슴을 졸였다. 일주일 만에 한 번, 열흘 만에 한 번 나타나 얼굴을 한 번 보여 주다가 솔저는 영영 발길을 끊었다.

나는 솔저가 언젠가는 돌아올 거라고 생각하며 기다렸지만 일 년이 되어가도록 녀석은 마당에 다시 돌아오지 않았다. 걱정과 동시에 묘하게 서운한 감정이 들었다. '내가 그렇게나 잘해 줬는데, 이렇게 매정하게 발길을 끊을 정도로 솔저에게는 나와의 시간이 아무것도 아니었나?' 이상하게 녀석이 어디에서 사고를 당했을 거라는 걱정은 하지 않게 되었다. 어딘가 더욱 편하고 마음에 드는 곳을 찾아 그곳에 있기로 선택한 것이 틀림없었다. 그렇게 솔저와 강제 이별을 하고, 나는 일방적인 이별통보를 당한 기분으로 지냈다. 그리고는 매일 녀석이 언제라도 돌아와 아무렇지 않게 냐아옹~ 하고 반갑게 인사하며 뛰어와 주길 기다리고 있다.

솔저를 만난 이후에 마당에서 고양이들을 돌보면서 나는 어떤 마음을 가져야 하는가 진지하게 생각해 보게 되었다. 일단, 이 녀석의 죽고 사는 중대한 묘생에 매일같이 밥을 챙겨 주는 사람은 크게 신경 쓸 대상이 아닌 것 같았다. 떠나고 싶으면 떠나버린다. 그것이 고양이들의 선택인 것도 이제는 알 것 같다. 야생의 고양이에게는 배를 든든히 채울 사료가 끊이지 않고 나오는 밥자리보다 더욱 중요한 것이 있는 것이 분명하다. 그저 우리 집 마당을 찾아오는 고양이들에게 든든한 밥 한 끼와 깨끗한 물 한 그릇을 대접하는 것이 내가 고양이들과 같이 살아가는 방법이다.

솔저가 발길을 끊은 지 일 년이 지난 어느 날, 아빠와 차를 타고 외출을 다녀온 엄마가 내 방에 들어왔다. 조금 먼 동네에서 솔저를 보았다는 이야기였다. 솔저를 본 것이 확실하냐고 여러 번 되물으니 "한쪽 발에만 무늬가 있는 고양이는 많지 않잖아. 그 고양이도 분명히 한쪽 발에만 줄무늬가 있었어."라는 답이 돌아왔다. 나는 엄마가 솔저를 발견한 곳이 어딘지 묻고는 사료와 물, 츄르를 들고 가 보았지만 솔저를 찾지는 못했다. 그렇지만 이 녀석이 어딘가에서 잘 살아가고 있을 거라는 생각에 가슴이 울렁거렸다. 언젠가 건강하게 살아가다 보면 솔저가 우리 집 마당을 다시 한 번 찾아와 주는 날이 올 거라고 믿는다. 보고 싶은 자유로운 영혼. 스트리트 고양이 솔저.

언젠가 다시 만나

진도네컷

\#하숙견 \#진돌이라개 \#하늘맛집 \#훈훈한철수네

7장

인생도 견생도
늦지 않았어

철수와 훈이

훈이와 떠난 첫 번째 여행

처음 자가용이 생겨 운전에 익숙해질 때쯤, 감사하게도 충주의 새로 오픈한 반려견 동반 리조트에서 초대를 받았다. 철수는 집 밖에 함께 나가본 경험이 없었고 사람들에게 적대적일 거라는 생각뿐이어서, 훈이와 둘이서만 여행을 가기로 했다. 우리 집에 진돌이가 찾아왔던 때의 일이다.

훈이는 실내에 들어가기에는 흙먼지를 뒤집어 쓴 상태이기 때문에 목욕을 하고 가는 게 좋을 것 같았다. 그래서 아침 일찍 깨끗하게 목욕을 시켰다. 숙소에 도착해서 체크인을 하는데, 훈이가 뒤이어 들어온 다른 강아지들을 보고 반가워하는 모습이 참 귀여웠다.

짐을 풀고 울타리가 쳐져 있는 리조트 앞 반려견 운동장에 나가 보았다. 인공잔디가 파랗게 깔린 예쁜 운동장이었다. 그곳에도 다른 강아지들과 보호자들이 있었다. 대부분 훈이보다 몸집이 작은 강아지들이었다. 훈이는 자기보다 덩치가 큰 강아지들을 만나면 항상 무서워하고 이빨을 드러내면서 가까이 오지 말라고 싫어하는 티를 팍팍 냈다. 그런데 작은 강아지들에게는 조심스럽게 다가가고, 꼬리를 쉴새 없이 팔랑팔랑 움직이고, 같이 신나게 달리기를 했다. 곰곰이 생각해 보니 철수와 매일 열심히 달리기도 하고, 몸싸움을 하면서 놀지만 결국에 힘에서 밀리거나 뒤쳐지는 훈이였다. 다리도 길고 몸무게도 더 나가는 철수가 신체적으로 훈이를 이기는 것은 당연한 거였다. 그래서 철수와 훈이의 놀이는 즐겁게 시작했다가도 훈이의 짜증 섞인 짖음과 화풀이로 마무리됐다. 그래서였을까? '훈이는 힘도 달리기도 비등비등한 친구들이 더 좋은 건가?'하는 생각이 들었다. 철수랑 놀 때는 얼마나 짜증을 내는지, 철수의 볼따구를 물고 늘어질 때면 다치지 않을까 조금 걱정이 될 정도였는데, 작은 강아지와 놀 때는 앞발을 조심스레 들어 휘적거리더니 친구의 몸을 '톡' 하고 살짝 건드리는 것이었다. 그 모습을 보고 운동장에 나와 있는 강아지 보호자들이 전부 웃음을 터뜨렸다. 운동장에서 작은 강아지 친구들과 실컷 논 후에는 야식으로 치킨을 먹으러 시내까지 차를 타고 나갔다. 훈이는 차에서 꾸벅꾸벅 졸더니 눈도 거의 못 뜰 지경이었다. 생각해 보니 훈이도 나도 처음이었던 여행인데, 아침부터 좋아하지도 않는 목욕을 당하고, 차를 타고 달려왔다가 잠시 쉴 틈도 없이 여기저기 실려 다니는 아주 바쁜 일정이었다. 결국 여행 첫날밤 훈이는 아주 고소한 치킨 냄새의 유혹도 무시한 채 침실에 들어가, 푹신하게 깔아 둔 이불에 뻗어 쿨쿨 잠을 잤다. 훈이의 첫 여행에 대한 소감은 '너무너무너무 피곤했어!'였을 것이다.

철수와 훈이의 견생 첫 바다

나는 몇 년 동안 철수를 꽁꽁 숨겨 두었다. 왜냐하면 철수는 사나운 개니까. 어딘가를 데려가는 것은 꿈도 못 꾸었다. 가끔 친구들이 철수를 보고 싶어하면 견사 안에서 마구 짖는 철수를 동물원 원숭이처럼 보여 주는 정도였다. 철수를 데리고 공원도 가고, 여행도 가고 싶었지만 아무도 없어야만 가능하다고 생각했다. 철수는 낯선 사람을 보면 짖고 달려드니까. 집 밖에서 난리 치는 철수를 생각만 해도 막막했다. 철수도 스트레스일 테니까, 철수는 집 마당에만 있는 것이 행복할 거라고 여겼다. 그런데 새해가 되니 '우리도 한번 도전해 볼까?'하는 욕심이 들었다. 집에서 가까운 곳부터 말이다.

철수 훈이와 함께하는 첫 번째 여행 장소를 가까운 바다로 정했다. 집에서 멀지 않은 해수욕장인 왜목마을이 좋을 것 같았다. 새해가 하루 지난 1월 2일이었다. 혼자서 철수와 훈이를 데리고 가는 것은 너무 긴장이 되어 부모님께 함께 바다를 보러 가자고 했다. 내 차 뒷좌석에 철수 훈이를 태우고, 부모님은 부모님 차로 따로 이동했다. 왜목마을에 도착했는데, 사람들이 엄청나게 많았다. 새해가 밝으니 다들 일몰을 보러 온 모양이었다. 이곳이 유명한 관광명소라는 것을 미처 생각하지 못했다. 사람이 얼마나 많았는지 주차할 곳을 찾아 십여 분을 넘게 헤매야 할 정도였다. 어느 건물 옆에 차 한 대 주차할 수 있는 정도의 틈을 찾아 차를 세우고 철수 훈이를 데리고 내렸다.

새로운 곳에 도착하니 철수와 훈이는 엄청나게 흥분한 상태로 줄을 마구 잡아 끌었다. 나는 질질 끌려가지 않으려고 바짝 힘을 주었다. 부모님이 따라와 주지 않았다면 크게 당황했을 것이다. 사람들이 너무 가까이 오면 어쩌나 걱정했지만, 다행히도 큰 개 두 마리에 질질 끌려 다니는 장면을 보니 다들 알아서 피해 가는 듯했다. 짧게 바다 구경을 하면서 나름 사진도 남기고, 외출을 해 보았다는 것에 의미를 두고는 서둘러 집에 돌아가기로 했다. 내 체력이 금방 바닥났기 때문이다. 우리는 다시 모래사장을 건너 차가 있는 곳으로 돌아왔다. 이제 차에 태워 집으로 돌아가기만 하면 되는데, 문제가 발생했다. 집에서는 차에 잘만 올라타던 철수가 도무지 차에 올라 타려고 하지 않는 것이었다. 낯선 곳에 오니 차에 올라타는 것보다 주변에 누가 지나가지는 않는지를 더 신경 쓰는 것 같았다. 나는 철수의 줄을 당겨 차에 태우려고 하는 동시에 하네스가 빠져 철수가 탈출하지 않게 안간힘을 썼다. 앞문을 열어 좁은 통로로 뒷좌석에 올라가게 하려니(당시 내 차는 앞좌석에만 문이 있는 작은 승용차였다), 철수는 낯선 곳에서 이 수고스러운 일을 하고 싶어하지 않는 것 같았다. 아뿔싸, 연습이 더 필요했구나. 마음속으로 제발, 제발, 제발을 백 번은 외치며 미리 챙겨 온 철수가 좋아하는 간식 한 봉지를 다 털어 주었다. 그렇게 어렵사리 철수를 꼬셔 차에 태우는 데 간신히 성공했다. 도망치듯이 집으로 돌아와 녹초가 되어 쓰러졌다. 지금은 자동차를 조금 더 큰 승용차로 바꾸었고, 철수와 훈이도 이제차에 타는 것은 식은 죽 먹기지만 처음 바다를 갔던 아찔한 기억은 잊혀지지 않는다.

누나는 기진맥진

처음으로 셋이서, 독채 펜션

　요즘에는 강아지들과 함께 여행할 수 있는 곳이 참 많아졌는데. 그중에는 독채 펜션도 있다. 강아지와 함께하는 여행이 반드시 낯선 사람이 북적이는 곳에서 그들의 강아지들과도 마주칠 수밖에 없는 여정이라면, 나는 여행을 꿈도 꾸지 못할 것이다. 그런데 독채 펜션에 가면 높게 둘러진 울타리 안에서 다른 사람과 어울릴 필요 없이 나와 철수, 훈이만 있을 수 있다는 것이다. 그런 여행이라면 철수도 함께 갈 수 있을 것 같았다. 그동안은 훈이와만 여러 번 놀러 나가 보았고, 철수까지 함께 하는 여행은 쉽게 도전해 보지 못했었다. 2022년 초 집에서 멀지 않은 곳에 독채 펜션이 새로 오픈을 했다는 소식에 과감하게 예약을 했다.

　여행 전날 밤, 나는 설레는 마음으로 셋이 떠나는 첫 외박에 필요한 짐을 꾸려 보았다. 철수와 훈이가 먹을 밥 두 끼, 중간에 먹을 간식, 하네스와 리드줄, 똥 봉투, 그리고 목욕 용품도 챙겼다. 다행히 처음 가는 펜션에는 강아지 샤워장이 아주 잘 마련되어 있었다. 철수와 훈이의 짐을 챙기고 내 것은 하루 동안 먹을 음식과 간식, 갈아입을 옷 정도만 간단히 챙겨 짐을 꾸렸다.

집에서 나와 한 시간쯤 운전해 펜션에 도착했다. 펜션 관리동에서 열쇠를 받아 들고, 얼른 예약한 호실 울타리 문을 열고 들어갔다. 짐을 먼저 안으로 옮긴 후에 철수와 훈이를 차에서 내려 마당에 풀어 줬다. 새로운 곳에 도착한 철수와 훈이는 한참을 마당을 킁킁거리며 돌아다녔다. 그동안 나는 혹시 마당에 아이들이 빠져나갈 빈틈이 없는지 꼼꼼히 확인하고, 실내로 들어가 짐을 풀고는 철수 훈이가 들어오도록 문을 활짝 열어 두었다. 훈이는 편하게 실내와 마당을 돌아다녔는데, 철수는 아무리 기다려도 실내로 들어오지 않았다. 기다리다 못해 철수가 좋아하는 간식을 들고 현관문 안에서 철수를 불러 보았는데, 철수는 문이 활짝 열린 건물 안에 들어오는 것조차 매우 조심스러워했다. 철수는 우리 집에 처음 온 날 거실에서 잔 이후로 한 번도 실내에 들어가본 적이 없었다. 아직 추운 겨울이었기 때문에 철수가 들어오기만을 기다리다간 몸이 얼어버릴 것 같아, 마당으로 나가 철수의 하네스에 리드줄을 걸고 조심스럽게 철수를 잡아 끌어 실내에 입성했다. 처음에는 걷는 것도 불안해하던 철수는 이곳저곳 냄새를 맡으며 돌아다녔다. 스스로 엎드려 휴식을 취하는 안정된 모습을 보고 나서 팔을 걷어붙여 아이들을 샤워장으로 데리고 가 깨끗하게 목욕을 시켰다. 털까지 다 말리고 나니 어두컴컴한 저녁이 되어 있었다. 별로 한 것이 없는데, 벌써 해가 지다니. 철수와 훈이에게 온 신경을 쓰다 보니 시간이 너무 빨리 갔다. 이제야 셋이서 여유롭게 있을 시간이 생겼는데, 잠이 쏟아졌다. 서둘러서 저녁을 해먹고 바닥에 이불을 깔아 다 같이 누워 잠을 청했다. 신기하게도 아이들은 이불 위로는 금새 올라와서 자리를 잡더니 잠을 잤다. 마당에서는 이불을 쓰게 하려고 내어주면 박박 찢어버리곤 해서 여기서도 말썽을 피우지 않을까 걱정했는데, 아무런 저지레도 없었다. 실내에서는 소변도 한 번 누지 않았다. 오늘 하루 묵을 곳이라는 것을 알았던 것일까?

철수와 훈이는 밤에 자려고 누운 자리에서 단 한 번도 깨지 않고 아침까지 가만히 누워 통잠을 잤다. 아이들이 곤히 잠을 자는 장면은 나에게 참 생소한 모습이었다. 집에서는 낮잠을 자더라도 내가 움직이면 금방 눈을 번쩍 뜨고 따라다니기 바빴었다. 깊은 밤에도 가끔 창문 밖으로 철수 훈이가 짖는 소리를 자주 들었기 때문에, 나는 밤에도 개들은 깊은 잠을 별로 자지 않는다고 생각했다. 그런데 푹 자는 모습을 보게 되니 기분이 이상해졌다. 나는 이 녀석들이 편안히 쉴 때의 모습을 보고 싶어서 그토록 여행을 원했는지도 모른다.

다음 날 잠에서 깨니 금새 퇴실 시간이 다가와 숙소 정리를 하느라 바빴다. 한 일 없이 청소만 하느라고 1박 2일을 보낸 느낌이었다. 철수 훈이는 마당에서 신나게 뛰어놀도록 내보내고 나는 퇴실 시간에 맞춰 나가기 위해 숙소 청소를 했다. 짐을 마당에 꺼내 놓으려고 마당에 나갔는데, 바로 옆 호실에 묵었던 어떤 남자가 우리가 묵는 펜션 울타리 옆 재떨이 앞에 서서 담배를 태우고 있었다. 나는 낯선 사람이 가까이 있다는 사실에 당황했다. 철수가 사납게 굴지는 않았을까? 철수는 어디 있지? 숙소를 돌아 찾아보니 철수는 담배를 태우는 낯선 존재를 알면서도 태연하게 마당을 돌아다니고 있었다. 보통 집에서라면 짖고 펜스 너머로 달려들려고 난리가 났을 텐데, 아무 말 없이 담배를 피우는 남자를 흘끔 쳐다보기만 할 뿐 크게 신경 쓰지 않는 것 같았다, 낯선 사람 앞에서 차분한 모습의 철수가 놀라웠다. 평소 내가 알던 철수 모습과 다른 모습에 많은 생각이 들었다. 나는 철수가 남들을 보면 흥분하고 달려들 거라고 생각해서 집에만 두고 바깥세상 구경을 시켜주지 않은 것인데, 이런 모습도 있다니. '철수의 또 다른 면을 알고 교육해 줄 수 있다면 지금보다도 더 많은 경험을 할 수 있지 않을까?'하는 기대감에 젖어 들었다.

첫 번째 여행을 무사히 마치니 또 다른 여행을 떠나 보고 싶은 마음이 들었다. 동시에 조금 더 좋은 방식과 편안한 마음가짐으로, 철수와 훈이와 함께 새로운 경험을 만들어 가고 싶어졌다. 그러려면 철수를 잘 알아야 한다는 생각에, 반려견 훈련소를 알아보기 시작했다.

잠 좀 자자개

철수의 학교 입학

아이들과의 첫 번째 여행에서 철수의 새로운 모습을 본 뒤, '내가 알고 있는 것이 철수의 전부가 아니구나.'하는 생각이 들었다. 그렇다면 전문가를 찾아가 도움을 구하면 철수의 행동에도 많은 변화가 있을 수 있지 않을까? 철수도 낯선 사람들과 거리낌 없이 어울릴 수 있는 개가 될 수 있지 않을까? 하는 기대도 되기 시작했다. 나는 의욕에 불타 인터넷 서핑을 해 반려견 훈련소 목록을 뽑아 보았다. 그리고 후보로 뽑은 훈련소 몇 군데에 전화를 걸어 철수의 성격과 나의 고민들을 이야기하며 상담을 받았다. 그런데 대부분의 훈련소에서 철수를 훈련소에 입소 시켜 몇 달간 훈련시키는 방법을 제안했다. 그 말에 철수를 교육시키겠다는 열정은 금방 사그라들고 말았다. 아무도 모르는 곳에 철수를 혼자 보내라니, 의욕보다 더욱 커지는 걱정에 선뜻 대답을 하지 못하고 전화를 끊기 일쑤였다. 그러던 중 한 훈련소에서 견주 참여 교육을 해 보자는 답변이 돌아왔다. 매주 수업시간에 철수와 내가 함께 수업을 들으러 방문하면 된다는 것이다. 집에서도 멀지 않은 거리라 충분히 가능했다. 아니 그보다 거리가 멀었어도 철수와 함께 수업을 들으러 갔을 것이다. 첫 수업 약속을 잡고 훈련소에 방문하기에 앞서 철수가 입마개를 착용한 채로 편안히 있는 연습을 충분히 하고 오라는 숙제를 받았다. 다행히 입마개 훈련은 어렵지 않았다. 일찍이 입마개를 구매해 틈틈이 연습을 해 두었던 덕분에, 철수는 입마개를 한 채로 오랜 시간 있을 수 있었다. 조금 더 입마개에 익숙해진 후에 첫 수업을 받으러 훈련소에 방문했다.

철수가 몇 달 동안 나와 함께 다닐 학교는 커다란 반려견 운동장도 함께 운영하는 곳이었다. 규모가 크고 시설이 좋은 곳이었기 때문에 수업이 있는 주말에 방문객들과 강아지들이 아주 많았다. 입마개를 채운 철수를 꽉 붙들고 운동장을 지나 훈련소까지 걸어가면서 '갑자기 해맑은 강아지가 겁도 없이 철수한테 뛰어와 버리면 어떡하지?'하는 걱정 뿐이었다. 훈련사 선생님과의 첫 수업은 조심스레 철수를 파악하는 시간이었다. 돌발 상황이 일어나지 않을까 싶은 마음에 온 신경은 철수에게 꽂혀 있으면서도 훈련사 선생님의 지시에 온전히 따르려고 노력했다. 철수는 내가 제일 잘 안다는 생각에 몇 년 동안 철수를 좁은 마당에만 가두어 두지 않았던가. 나는 이제야 철수를 세상 밖으로 데리고 나오고 싶은 용기가 생겼고, 철수는 나이 들어가고 있었다. 철수의 긍정적인 변화를 끌어내고, 새로운 경험들을 충분히 누릴 수 있게 해 주기 위해서는 내가 보지 못하는 철수의 모습을 전문가 선생님의 방식으로 알아내 배우고 가야 한다고 생각했다.

철수는 수업시간 동안 차분한 모습을 보이다가도 훈련사 선생님의 돌발적인 모습에는 집에서처럼 사나운 태도로 돌변하기도 했다. 철수와 함께 수업 받은 두 시간 중에 내가 참여하는 시간은 이십 분 남짓이었다. 훈련사 선생님이 철수의 성향을 파악하고, 이럴 때는 내가 어떤 태도를 보여야 하는지, 어떤 방식으로 철수가 따르게 하는 게 가장 좋은지 알려 주는 식의 수업이었다. 다행히도 철수는 낯선 환경과 상황에 빠르게 적응하고 잘 받아들이는 성격이라고 했다. 고쳐야 하는 아이라기 보다는 뒤늦게라도 배우면 되는 아이라고 했다. 그래서 꾸준히 새로운 경험을 하게 해주면 많이 변화할 것이라고도 했다. 그래서 그동안 철수를 견사에만 풀어 주고, 철수의 세상은 우리 집 넓은 마당과 과수원이면 충분하다고 생각한 게 더욱 미안했다.

훈련소에서도 잘 뛰어노는 철수

승마와 산책의 연관성

무엇 하나 꾸준히 하지 못하는 성격인 내가 3년이 넘도록 하고 있는 운동이 있다. 바로 승마다. 아마 동물을 좋아하는 나의 성향상 동물과 교감할 수 있는 운동이기 때문에 열정이 식지 않고 있는 게 아닐까 싶다. 말에 올라타는 것을 '기승'이라고 하는데, 기승 후부터는 긴장의 연속이다. 살아있는 동물 위에 올라타 있는 것은 가슴이 뛰면서도 두려운 일이다. 그런데도 어째서 계속 승마를 하는지 스스로에게 묻게 되는데, 대화가 통하지 않는 동물과 교감하여 함께 어떠한 움직임들을 해내는 과정에서 밀려오는 감동과 뿌듯함을 거부할 수 없기 때문인 것 같다. 말을 타는 행위 자체가 동물학대가 아닌가 하는 의구심이 들었던 시절도 있었지만, 승마장에 오랫동안 다녀보니 승마는 말에 대한 존중이 없다면 이루어질 수 없는 스포츠라고 생각하게 되었다.

처음 승마를 시작할 때 나는 말이 소나 염소에 가까운 동물이라는 생각을 갖고 있었다. 생김새도 먹는 것도 비슷하니 말이다. 그런데 보면 볼수록 말은 강아지에 가장 가까운 동물이라고 느끼게 되었다. 아니, 가끔은 거대하고 조용한 강아지가 분명하다고 느껴진다. 말은 모두 다른 제각각의 성격을 가지고 있다. 승마 수업 때 지난 번과 다른 말을 타게 되면 코치님이 내가 그날 탄 말에 대해 간단하게 설명해 준다. 말마다 좋아하는 것, 싫어하는 것, 무서워하는 것, 잘하는 것이 다르기 때문에 나를 등 위에 태워 준 말을 파악하는 것이 안전한 운동을 하는 데 무엇보다 중요하다. 사람을 좋아해서 만져 달라고 얼굴을 들이밀고 몸에 얼굴을 문지르는 말들도 있고, 맛있는 것을 많이 챙겨주는 사람을 알아보고 졸졸 쫓아다니거나 그 사람의 발소리를 들으면 큰소리로 우는 말들도 있다. 불만이 있을 때는 앞발로 땅을 걷어차거나 발을 구르며 불만을 표하기도 한다.

말들은 흙으로 목욕하는 것을 좋아해서, 방목장에 자유롭게 풀어줄 때면 모래밭에 드러누워 뒹굴뒹굴 굴러 온 몸을 모래로 문지른다. 말이 흙목욕을 할 때마다 좋아하는 냄새를 찾아낸 훈이가 냄새를 온 몸에 문지르는 모습이 생각나서 더욱 귀엽다. 말은 스스로 학습을 하고 배우는 능력도 좋아서, 새로운 동작을 열심히 가르치면 곧잘 배운다. 사과를 한 번도 먹어 본 적이 없었던 어떤 말은 처음에는 사과를 주면 혀로 날름날름 골라 먹었다가, 맛있는 것이라는 것을 알게 되자 대담하게 통째로 씹어 먹기도 했다. 말은 커다란 덩치와 다르게 겁이 참 많은 동물이다. 익숙하지 않은 물체나 소리, 상황을 무서워한다. 한 번은 내가 막 승마 레슨을 시작하려고 말에 올라탔는데, 승마 수업을 신청한 학교로 출장을 다녀온 말 운송차가 말을 내려 주기 위해 운동장 안으로 들어온 적이 있었다. 나는 말이 깜짝 놀라 날뛰지 않게 하기 위해 고삐를 꽉 쥐고 있었는데, 말 운송차가 가까이 다가오니 내가 탄 말의 배에서 갑자기 심장이 콩닥콩닥 뛰는 것이 느껴졌다. 차분하게 서 있었지만 속으로는 겁이 났나 보다. 말의 심장이 콩닥거리는 것을 느껴 보다니, 너무 사랑스러웠다. 말을 지켜보며 말의 감정을 알아가게 되니 강아지를 보는 것 같다는 생각이 든다. 물론 모든 살아있는 생명체가 모두 감정과 자아를 가지고 있겠지만, 말도 강아지처럼 인간과 가깝게 교감하는 동물이기에 더 비슷하게 느껴지는 것 같다.

승마는 기승자가 말을 타고 원하는 대로 움직이는 운동이다. 하지만 몸무게가 평균적으로 400kg이 넘는 힘 센 동물을 원하는 대로 움직이기란 쉽지 않은 일이다. 이처럼 큰 동물을 다루는 데에는 원하는 행동을 수행하도록 정확하게 전달하는 것이 중요하다. 나는 말이 헷갈리지 않게 한 번에 뜻을 전달해 주어야 한다는 지적을 많이 받았다. 말이 내 뜻대로 움직여 주지 않는다고 "아니~ 그거 아니고~ 이렇게 해야 된다고~"라고 잔소리를 해봤자 말은 절대로 모른다. 정확한 부조(말에게 주는 신체적, 음성적 신호)를 주는 것이 말이 내 생각을 알아채는 가장 확실한 방법이다. 단호하고 정확하게 말에게 표현하니 말 또한 신호를 바로 알아차렸고, 이는 곧 수월한 운동으로 이어지게 되었다. 말과의 대화는 동작과 소리로 간결히 한다. 숙련될수록 말을 원하는 대로 이끄는 실력도 늘어갔다. 나는 승마를 통해 배운 말과 대화하는 방식을 자연스럽게 철수와 훈이에게도 적용하게 되었다. 산책 중에 철수 훈이가 흥분해서 멈추지 않고 리드줄을 당기며 달려나갈 때, 감정을 담아 꾸짖는 것보다 단호하게 리드줄을 꾹 쥐고 당기는 것이 철수 훈이를 빨리 멈추게 하는 데 효과적이었다. 사람과 교감하면서 많은 감정을 공유하지만 정확한 대화가 통하지 않는 동물이라는 점에서 말과 개는 참 비슷했다. 그래서인지 단호하게 되는 것과 안 되는 것을 표현하는 방법은 아이들에게도 전달이 잘 되었던 것 같다. 그러다 보니 웃기게도 철수 훈이에게 말에게 쓰는 음성 부조도 쓰게 되었다. 철수 훈이를 멈춰 세우고 싶으면 '워~' 소리를 내고, '가던 길을 가자, 집중해서 따라와.'라고 표현할 때는 혓소리를 내게 된 것이다. 이렇게 산책을 하니 철수 훈이와 나의 동행은 10m나 되는 긴 줄을 사용하고 있음에도 호흡이 잘 맞았다. 나는 강아지와 산책할 때 10m 리드줄을 가장 잘 쓰는 사람이라고 자신할 수 있다.

변화하는 철수

철수와 학교를 다니기 시작하면서 주말에는 수업을, 평일에는 훈련사 선생님이 내준 숙제를 하러 다니기에 바빴다. 시간이 나면 무작정 철수를 데리고 밖으로 나갔다. 해보지 않은 것들을 함께 시도하면서 철수의 새로운 모습도 많이 보았다.

수업시간에 훈련사 선생님과 철수의 모습을 본대로, 나는 지인들에게 철수의 사회성 훈련 상대가 되어달라고 부탁했다. 한적한 공원에 가서 천천히 걷기부터 시작해서 거리를 좁히며 연습한대로 낯선 사람들에게 등을 내어줄 수 있게 되었다. 신기하게도 철수는 자기를 부르는 사람에게 공격적인 태도를 취했다. 오히려 철수를 본체만체하는 사람들을 더욱 편하게 대했다. 철수와 가장 빨리 친해지는 방법은 철수는 모르는 척하는 것이었다. 그러자 나의 지인들과도 조금씩 경계를 하긴 했지만 차분하게 옆에 있을 수 있게 되었다. 다음 과제는 스킨십이었다.

훈련소에서 교육을 받기 시작하면서, 나는 철수가 가족이 아닌 다른 사람과도 친해졌으면 하는 바람을 안고 있었다. 철수의 세계가 나와 가족들이 있는 곳으로만 영원토록 제한되기를 바라지 않기 때문이었다. 그래서 훈련소에서 낯선 사람과 함께 있는 법을 배웠다. 물론 철수는 입마개를 해야 했지만, 훈련사 선생님과는 스킨십이 가능할 정도가 되었다. 감사하게도 훈련사 선생님이 철수를 대상으로 해본 다양한 행동들과 그 반응을 내게 친절히 설명해 준 덕분에 훈련소 밖에서도 그대로 실전 연습을 해볼 수 있었다.

철수의 첫 번째 친구가 될 사람은 내 남자친구였다. 남자친구는 나만큼이나 동물을 좋아하는 사람이었다. 하지만 사납다는 이야기를 많이 들었던 철수는 조금 무서워하고 있었다. 나는 조심스럽게 철수의 훈련을 도와줄 수 있냐고 부탁했고, 남자친구는 철수가 입마개만 잘 하고 있다면 한 번 해 보겠다고 허락해 주었다. 철수와 남자친구는 공원에서 처음 만났다. 훈련소에서 보고 연습한 대로, 철수와 남자친구는 스쳐가는 사이처럼 무심하게 대면했다. 내가 파악한 철수는 철수의 관심을 끌려고 하는 사람을 싫어했다. 그렇기 때문에 최대한 관심이 없는 척하고, 부자연스럽게 다가오지 않는 것이 중요했다. 남자친구는 벤치에 먼저 자리를 잡고 있고, 나는 철수를 끌고 아무렇지 않은 척 그 옆에 가서 앉았다. 그리고는 그냥 가만히 있었다. 철수는 본 적 없는 남자친구를 조금 신경 쓰는 것 같았지만 남자친구가 철수에게 관심이 없으니 본인도 괜히 시비를 걸지는 않았다. 그렇게 잠시 앉아있다가, 남자친구가 '철수야.' 하고 부르니 철수가 그 옆에 가서 등을 돌리고 앉았다. 그렇지만 등을 보이면서도 고개를 돌려 뒤돌아 남자친구의 얼굴을 보면서 으르르 하고 위협하는 소리를 했다. 겁먹지 않은 척 조금씩 철수와 교감하면서 그저 편안하게 있는 시간을 만들었다. 조금 더 기다리니, 남자친구가 철수의 목덜미를 살짝 토닥여도 가만히 있었다. 철수가 가족이 아닌 사람과 스킨십을 하다니! 이것만큼은 불가능할 거라고 생각하던 때가 있었는데, 가슴이 두근거렸다. 그런데, 철수는 가만히 쓰다듬는 손길을 느끼다가도 갑자기 남자친구의 다리를 앞발로 붙잡고 마운팅을 하려고 했다. 왜 이러는지 알 수 없어서 훈련사 선생님께 물어 보았는데, 아마 싸워서 이겨볼 만한 상대인지 힘을 겨뤄 본 것 같다고 이야기하셨다. 철수가 곧이곧대로 가만히 앉아서 낯선 사람의 손길을 받으면서도 속으로는 많은 생각을 하고 있었다는 걸 생각하니 너무 귀여웠다. 힘을 겨뤄 보았다니, 이길 만하다고 생각되었으면 그대로 덤벼들었을까? 아찔하게 웃음이 났다.

남자친구는 철수와 만나서 많은 것을 하려는 욕심을 내지 않고, 매일 편안한 분위기를 만들기만 했다. 일부러 철수를 불러서 먹을 것을 주는 것도, 앉아, 엎드려 등 여러 가지 명령어로 훈련을 시키는 것도 하지 않고 그저 옆에 편안하게 있게 했다. 철수는 편안하게 시간을 보내다가도 남자친구의 어떤 모습에는 예민하게 반응하고 으르렁거리기도 했다. 예를 들면 며칠이 지나 오랜만에 다시 마주했을 때나, 검은색 겉옷을 입었거나 갑자기 움직였을 때 말이다. '철수가 아직은 어렵구나.'라고 생각하며 다음 기회를 노려보자고 희망을 가졌다.

그런데 그 다음 만남에는 철수가 확연히 다른 모습을 보였다. 약속 장소에 먼저 도착한 나는 철수에게 입마개를 채우고 리드 줄을 한 뒤에 기다리게 했다. 저 멀리에서 남자친구가 다가오는데, 철수가 가만히 앉아 있다가 남자친구를 보더니 꼬리를 팔랑팔랑 흔드는 것이다. 긴장한 기색 하나 없이, 편안하게 살랑거리는 꼬리는 분명 남자친구를 반가워하는 것 같았다. 그날의 만남은 이전의 다른 만남들보다 편안했다. 으르렁거리는 소리나 위협도 한 번 없었다. 강아지는 항상 이름을 불러 주어야 하고, 소리 내서 주의를 끌거나 만져 주어야 친해질 수 있다는 통념과는 정반대로 아무것도 하지 않고 편안하게 해 주는 것만으로도 좋은 관계를 쌓게 된 것이 신기했다. 동시에 철수만 이런 것이 아닐 텐데, 많은 사람들이 강아지에 대해 잘 모르는 경우가 있을 것 같다는 생각이 들어 안타까웠다. 아직 아주 살가운 사이는 아니지만, 철수와 남자친구의 브로맨스는 꾸준히 쌓아갈 계획이다.

언젠가 남자친구에게도 이렇게 웃어 줘

한 번은 철수와 훈이를 내가 매주 운동하러 가는 승마장에 데리고 갔다. 승마장에는 어린이 손님도 많이 와서, 철수 훈이를 한꺼번에 같이 데리고 다니는 것은 힘들 것 같아 철수와 훈이를 각각 다른 날에 데리고 갔다. 철수와 훈이 모두 말이라는 동물을 난생 처음 보는 것이었다. 말을 보고 어떤 반응을 보일까 궁금하면서도 걱정이 됐다. 먼저 철수의 차례였다. 철수가 말을 보고는 확 물어버려 다치게 아는 것은 아닐까 하는 걱정이 되었다. 승마장에 도착해서 말들이 쉬고 있는 마사로 다가갔는데, 멀리서 창문으로 얼굴을 빼꼼히 내놓고 있는 말들을 발견했다. 철수는 당황한 것처럼 보였다. 평소 고양이나 고라니, 너구리 같은 다른 동물들을 보면 잡아먹을 듯이 난리를 치던 철수인데, 커다란 덩치에 기가 팍 죽었는지 너무나 얌전했다. 철수를 말들 가까이 앉혀 두었는데, 교무실에 불려간 잘못한 학생처럼 다소곳이 앉아 말들의 시선을 피하고 있는 모습이 너무나 귀여웠다. '매일 센 척 하더니 철수도 무서워하는 것이 있군.'이라고 생각했다.

선생님 잘못했어요!

다음 번에는 훈이를 데리고 승마장에 가게 되었는데, 승마장에 도착해 마사에 가는 길에 말들이 뛰어노는 운동장을 지나가야 했다. 훈이를 데리고 나와 운동장을 지나가려는데, 신나게 자유시간을 즐기던 말이 우리 옆을 뛰어갔다. 갑자기 엄청나게 커다란 동물이 우리에게 다가오니 훈이가 너무나 놀라서 도망을 치려는 바람에 하마터면 훈이를 놓칠 뻔했다. 훈이는 마치 공룡을 보는 듯한 얼굴이었다. 놀란 훈이를 진정시키고 있는데, 운동장에 있던 말이 우리가 있는 쪽으로 다가와 얼굴을 쭉 내밀었다. 그 모습을 본 훈이가 으르릉 왈왈 기어 들어가는 소리로 짖으며 다리를 달달 떠는데, 갑자기 훈이의 엉덩이에서 똥이 뚝 하고 떨어졌다. 얼마나 무서웠으면 똥을 다 싸다니! 훈이에게는 엄청 충격적이고 무서운 사건이었던 것 같다. 갑자기 놀라게 만들어 미안하면서도 똥을 싸버린 훈이가 너무 웃겼다. 말을 한 마리만 보는데도 이렇게나 무서워하는데, 더 많은 말을 보게 되면 큰일이 날 것 같았다. 결국 그날은 훈이에게 말을 보여 주는 것을 그만두고 실내에 들어가 안정을 취하게 했다.

반려견 동반 펜션 짓기

철수 훈이와 여행을 다니다 보니, 숙소를 찾아보는 데에 요령이 생겼다. 아이들과 갈 수 있는 곳을 찾다 보면 정말 가고 싶은 곳인데 몸무게나 견종에 제한을 두는 곳이 적지 않다. 몸무게와 견종 조건이 맞는다 해도 다른 강아지 가족들과 공간을 공유하는 곳이라거나, 울타리가 없거나 철수가 마음만 먹으면 뛰어넘을 수 있는 곳이라면 포기해야 한다. 그렇게 아이들과 함께 여행할 수 있는 장소를 고르다 보면 메모장 한 장에 전부 적을 수 있을 정도로 후보가 추려진다. 그나마 있는 후보들도 강원도나 경기도에 밀집되어 있다. 내가 살고 있는 충청남도 아래 지방에 있는 숙소를 찾자면 눈을 감고도 외울 수 있을 정도다. 이처럼 철수 훈이는 놀러가는 데 제약을 많이 받고 있다. 몸무게가 커서, 사납다고 알려진 견종이라서, 다른 강아지와 사람들과 편하게 어울리지 못해서. 그저 우리끼리 마음 편하게 있을 수 있는 든든한 울타리를 찾기가 참 쉽지 않았다.

그러는 중에 해가 갈수록 농장의 작황은 좋지 않았다. 변덕스러운 날씨 때문에 열매를 수확하는 데 어려움이 많았다. 두 해 전에는 사과꽃이 피기 시작한 4월에 갑작스레 기온이 영하의 날씨로 떨어지는 바람에, 꽃들이 냉해를 입어 수정되기 전에 시들어 떨어져 버렸다. 그 해에는 사과가 열리지 않아 잎만 무성한 과수원이 되었다. 열매가 잘 열려 탐스럽게 익더라도 강한 태풍이 과수원을 휩쓸고 가면 사과 열매가 모두 바닥에 떨어지는 일도 있었다. 그 해 농사를 잘 지어 수확을 하고 값을 받게 되면, 한 해 농사에 들어간 비용을 제하면 그만일 만큼 적은 결과물로 돌아왔다. 수확하는 데 드는 인건비도 나오지 않아, 아예 수확을 포기해 버리는 집들도 있었다. 고향에 내려와 살면서 6년이 다 되어가는 시간을 지켜보니 부모님이 농사를 생업으로 살아가기에는 앞으로 더 어려움이 많아질 것 같았다. 마음 한편에 걱정이 쌓이면서도 별다른 대책을 내놓지는 못했다. 그러다가 문득, 철수나 훈이 같은 아이들도 갈 수 있는 반려견 동반 펜션 생각이 들었다. 나는 철수 훈이와 매일같이 산책로를 거닐면서, 이곳은 참 예쁘고 조용해서 강아지와 함께 걷기 좋은 곳이라고 생각해 왔다. 이 좋은 곳을 누리는 것이 우리 뿐이라는 사실이 아쉽기도 했다. 자랑하는 것 같지만 나는 탁 트인 아빠의 농장에서 마음껏 철수, 훈이와 뛰어놀 수 있는 것이 큰 행운이라고 생각해 왔다. 화려한 도시에 산다면 강아지들이 이렇게 매일매일 넓고 푸르른 운동장을 달릴 수 있는 기회는 많지 않을 테니까. 아이들과 좋은 추억을 쌓은 이곳을 강아지를 아끼고 사랑하는 다른 사람들도 거닐 수 있도록 공유한다면 참 보람 있는 일이 될 것 같았다. 내가 철수와 갈 수 있는 곳을 찾아 헤매는 것처럼 많은 반려견 보호자들이 가족으로 여기는 털복숭이와 마음 편히 행복한 시간을 보낼 수 있는 곳을 갈망하고 있지 않을까? 혼자서 머릿속으로 여러 생각을 해 보다가, 조심스럽게 이야기를 꺼내보았다. 부모님은 반려견 관련 일에는 전혀 관심이 없을 거라고 생각해 사실 별로 기대하지 않았다. 그런데 생각보다 엄마의 대답은 긍정적이었다. 나는 의외의 대답에 엄마의 의견을 재차 물었는데 "요즘에는 강아지 키우는 사람들은 강아지들이랑 뭐든지 같이 하려고 하는 것 같더라. 너도 뭘 하든지 철수, 훈이 데리고 하려고 하잖아. 가족여행을 가려고 해도 애들이 집에 있어야 하면 이런저런 핑계로 안 간다고 하고."라는 답이 돌아왔다. 철수와 훈이에게 애정을 쏟는 내 모습을 엄마는 탐탁치 않게 여겼는데, 어느샌가부터 엄마의 마음도 바뀌었던 것 같다.

"그런데 엄마 아빠는 하나도 몰라. 너도 가끔 내가 개 이야기를 하면 답답해 하잖아. 엄마 아빠도 네가 철수랑 훈이 키우는 것 보면서 생각이 많이 달라지긴 했지만 그래도 아직 어려울 것 같긴 해."

실제로 엄마는 개를 키우는 마음을 이해하기 시작한 지 얼마 되지 않았다. 부모님의 젊은 시절에는 듣지도 보지도 못했던 반려견 동반 펜션을 해보자는 생각을 하는 것도 크나큰 도전이라,

두려움도 느끼는 것 같았다. 하지만 내가 자신감을 갖고 반려견과 사람이 함께할 수 있는 공간에 대한 사업을 이야기하니, 부모님도 큰 용기를 내신 모양이었다. 아빠는 인터넷으로 반려견 관련 시설이나 영상들을 매일같이 찾아보면서 공부하고, 엄마도 주변에 강아지 동반 펜션이나 카페를 다녀온 친구분이나 사업을 하는 분들에게 많은 이야기를 들으며 공부했다. 내 생각보다 빠르게 새로운 일이 진행되기 시작했다. 오래된 안 쓰는 건물을 철거하고, 설계에 들어갔다. 몇 달 뒤 완공을 목표로 공사가 시작되었다. 나는 좋은 시설을 만들려면 좋은 시설을 갖춘 곳을 경험해 보아야 한다는 생각에 시간이 될 때마다 철수, 훈이와 여행을 다녔다. 덕분에 아이들과의 좋은 추억도 하나 둘씩 늘어갔다.

우리는 경험 중!

돌계단도 두드려 보고 오르자

철수와 훈이 같은 개를 반려하는 사람들에게 제공해 줄 수 있는 아늑한 공간을 만들기 위해 고민을 거듭하며 공사는 계속 진행되고 있다. 건축 공사는 왜 이렇게 결정할 것이 많은지. 지금의 내 결정이 결과물로 나타나는 것이 재미있으면서도 부담감도 크지만, 많은 반려견 가족들이 좋은 마음으로 찾아 줄 공간을 만든다는 생각에 가슴은 늘 두근거린다. 철수와 훈이의 소중하고 아름다운 공간이 다른 강아지 가족들에게도 그러하길 바라고 있다.

아름다운 펜션이 완성될 거예요

마당에 행복이 뛰어다닌다

철수, 훈이와 함께한 지 6년이 넘어간다. 지난 시간 동안 마당
은 철수와 훈이에게 뭐든지 첫 번째가 되어 주는 장소였다. 아이
들은 세상 모든 것을 마당에서 만났다. 우리 가족도, 철수와 훈
이 서로도, 새로운 간식도, 무서운 두꺼비도, 약 올리는 고양이
도, 짜릿했던 두더지 사냥도, 나와 서툴게 시도한 '앉아, 엎드려'
연습도. 우리는 익숙하고 정겨운 앞마당에서 서로의 처음을 함
께했다. 서로의 세계를 넓혀 주었다. 앞으로도 그럴 것이다.

철수와 훈이는 소위 말하는 실외견이다. 아이들은 한국의 사
계절을 온전히 느끼고 적응하며 살아가고 있다. 무더위에 시원
한 그늘에 앉아 와작와작 얼음을 깨물어 가면서, 눈이 가득 쌓인
길에 발자국을 폭폭 남기면서. 다음 계절이 오는 냄새를 누구보
다 빨리 맡아 가며 살아왔다. 한 해에 두 번 본격적으로 털옷을
갈아입으며, 병치레 한 번 없이 한 살 한 살 나이를 먹어 왔다.

흙을 밟고 사는 철수와 훈이의 발바닥에는 단단한 굳은살이
박여 있다. 말랑말랑 젤리 같은 발바닥은 아니지만, 나는 아이들

의 굳은살이 사랑스럽다. 그건 그냥 굳은살이 아니다. 철수와 훈이가 열심히 뜀박질하며 즐거워한 하루하루의 흔적이다. 철수와 훈이는 어떠한 지형도 튼튼한 발바닥으로 신나게 달릴 수 있다. 나는 이 녀석들이 두더지굴을 온몸으로 파헤치고, 진창이 된 논두렁에서 마음껏 뛰놀고, 마음에 드는 흙냄새를 머리부터 발끝까지 비벼댈 수 있도록 해 준다. 반려인들 사이에서 유행하는 '더러운 개가 행복한 개다.'라는 말이 꼭 어울리는 아이들이다.

우리의 삶의 형태가 남들보다 값지다고, 특별하다고 말하는 것이 아니다. 개를 반려하며 느끼는 감동은 누구나 비슷하리라 생각한다. 세상의 어느 개든 금쪽같지 않은 아이가 없으니까. 그러나 아이들이 바깥에서 생활하기 때문에 나 스스로도 조금은 더 편안하다는 것은 인정한다. 나의 입장에서 철수와 훈이를 매일 먼지 한 톨 없이 깨끗이 씻기지 않아도 된다는 것은 큰 장점이다. 아이들이 하고 싶은 것을 마음껏 하게 내버려 둘 수 있기 때문이다. 비교적 청결하지 않아도 된다는 것이 나와 철수, 훈이 모두의 스트레스를 덜어 준다. 솔직히 털갈이 시기에 사방팔방 털을 뿜어대는 녀석들을 쓰다듬어 주면서 실내에서 아이들을 돌보는 보호자들이 참 존경스럽다고 생각한 적이 많다.

항상 너희를 생각해

너희의 행복을 위해

철수와 훈이는 거의 하루 종일 자연에서 나는 소리를 듣는다. 살아있는 소리를 말이다. 처음에는 호기심이 가득해 어릴 적의 나처럼 탐험가가 되어 마당이나 견사를 누비고는 하지만, 이윽고 온갖 소리는 자연스러운 일상의 조각이 된다. 쉬지 않고 잔잔히 들려오는 풀벌레소리, 요란스레 아침을 여는 새소리, 고라니가 괴상하게 울어대는 소리마저 녀석들은 자연스럽게 받아들인다. 어차피 같은 하늘 아래 이미 보고 들어 본 것들이라고 생각하는지, 자연에서 많은 것들을 만나 본 녀석들은 날이 갈수록 대범해진다.

나는 지난 6년간 철수와 훈이에게 누나가, 이모가 되기를 자처했지만 아이들을 정말로 나의 동생과 조카로 여기기보다는 하나의 귀한 생명으로서, 동물로서 행복하기를 더욱 바랐다. 그리고 최근 몇 달 동안 우리는 낯선 경험들을 했다. 마당에서, 들판에서만 달리던 철수와 훈이가 카페에도 가고, 실내에서도 잠을 자게 된 것이다. 철수, 훈이의 일상을 지켜봐 주는 많은 사람들 중에는 이제 아이들이 실내생활을 하게 될 거라고 생각한 분들도 있을 것이다. 그렇지만 아니다. 나는 하늘을 지붕 삼고 바람을 이불 삼은 철수와 훈이의 일상을 구태여 바꾸고 싶지 않다. 아이들이 어떻게 하면 조금이라도 더 편안할 수 있을지, 어떻게 해야 더없이 행복할 수 있을지 고민하는 것은 앞으로도 나의 끝나지 않는 숙제일 것이다. 하지만 나와 철수, 훈이의 새로운 여행들은 어떤 계기가 아니라 소중한 추억일 뿐이다. 집안에 사는 강아지들이 그들을 사랑하는 가족과 여행을 다니듯이, 철수와 훈이도 그럴 수 있으니 말이다. 그리고 실제로 겪어보니 철수, 훈이 같은 진돗개, 믹스견 또한 일부 선입견과 다르게 어떠한 상황에서도 곧잘 적응할 수 있으며 보호자를 믿고 따라 주는 훌륭한 녀석들이었다.

다큐멘터리에서나 들을 법한 진부한 멘트지만 철수, 훈이와 같은 한국 토종견과 그 믹스견들은 날씨에 따라 갈아입을 수 있는 털옷을 이중으로 가졌고, 예민한 감각을 지녔다. 인위적인 개량이나 번식이 없는 덕분에 유전병도 없이 튼튼하다. 그런 조건을 갖춘 녀석들에게 내가 해 줄 수 있는 최선은 이 녀석들의 삶이 조금 더 안락하고 안전하도록 신경 쓰며 애정 어린 시선을 거두지 않는 것이다.

나도 한때는 철수와 훈이가 마당에서 사는 것이 불안하고 걱정스러웠다. 그렇지만 한 해 한 해 성장하는 녀석들을 보며 '어디서'가 아니라 '어떻게' 지내는지가 더욱 중요한 것임을 깨달았다. 찬바람을 맞는 것이 추워 보이면 바람을 막아 주고, 비를 맞아 젖지 않게 튼튼한 지붕을 만들어 주고, 날이 더우면 시원한 물을 자주 마시게 하고, 매서운 한파가 찾아오면 따뜻한 옷 한 벌을 입혀 준다. 견사나 마당이 지루하고 따분해 보이면 멀리멀리 산책을 나가서 새로운 냄새를 마음껏 맡게 하고, 즐겁게 달릴 수 있도록 해 준다. 철마다 개가 먹어도 되는 제철 과일을 먹이고, 미세먼지가 심한 날에는 생강가루를 뿌린 황태국을 끓인다.

주기적으로 병원에 가서 건강 상태를 체크하고, 영양에 도움이 되는 보조제로 컨디션을 조절해 준다.

철수, 훈이와 함께하면서 가장 먼저 스스로 약속한 일은 나와 아이들 사이의 끈을 놓지 않는 것이다. 이 끈이란 우리들의 인연을 뜻하기도 하지만, 말 그대로 우리를 연결하는 리드줄이 되기도 한다. 나에게 높고 튼튼한 울타리와 끈은 아이들을 가두는 것이 아니라 지키는 것이 되었다. 어떠한 경우에도 내 곁에 두겠다는 책임감이다. 나는 이 약속이 지켜지는 테두리 안에서 철수와 훈이가 최대한의 것들을 누릴 수 있게 노력하고 있다.

과수원집 사나이들

언제나 커플룩

분명 많은 곳에 누군가의 철수 훈이가 살고 있을 것이다. 어떻게 하면 이 녀석들이 더 행복해질까 고민하는 가족들과 함께. 그리고 그런 가족들과 근심 없이 천진한 강아지들이 더욱 많아지기를 진심으로 바란다.

나는 이보다 더 사랑할 수 없을 만큼 철수와 훈이를 사랑한다. 그리고 그 사랑을 고스란히 전해 주기 위해 밤낮으로 노력하고 있다. 개 한 마리에게 마땅히 주어진, 주어져야 하는 행복의 총량이 얼마나 큰지 나날이 알아가고 있다.

시골에서 살아가는 강아지들 모두 누군가의 소중한 철수 훈이로 살아가길 바란다. 아프거나 외로운 일 없이, 좋으면 좋은대로 싫으면 싫은대로 표현해도 되는 일상을 누리기를 바란다. 더 많은 먹거리를 먹어 보고, 아름다운 곳에 가 보고, 살 찔 틈이 없을 만큼 뛰어다니며 짧고 긴 견생을 지루하지 않게 채워 가기를 바란다.

한번 고집을 부리면 좀처럼 뜻을 꺾을 줄 모르고, 힘도 세고 천방지축에 넘어지고 까지기 일쑤지만 귀여운 애교쟁이들. 넓적하고 둥그런 궁뎅이, 툭툭 밀어도 끄떡없는 덩치, 헥헥거리는 큰 숨소리, 두 팔로 안아 주면 품 안에 꽉 차는 커다란 털복숭이들. 낯선 사람에게는 사나워도 나에게만은 한없이 다정한 나의 천사들.

앞으로도 우리, 시골에서 잘 살아보게.

철수, 훈, 다영

우리들의 시골 이야기

앞으로도 잘 부탁해

진도네컷

#조카좀_챙기라개 #철수는우등생 #학교좋아

훈훈한 철수네
우리, 시골에서 잘 살아보개

초 판 발 행	2023년 08월 30일 (인쇄 2023년 06월 02일)
발 행 인	박영일
책 임 편 집	이해욱
저 자	민다영
편 집 진 행	강승혜
표지디자인	김지수
편집디자인	곽은슬 · 홍영란
그 림	기도연
발 행 처	(주)시대고시기획
출 판 등 록	제10-1521호
주 소	서울시 마포구 큰우물로 75 [도화동 538 성지 B/D] 9F
전 화	1600-3600
팩 스	02-701-8823
홈 페 이 지	www.sdedu.co.kr

I S B N	979-11-383-5250-5 (03810)
정 가	18,000원